慈申湖

三名塔

槐联广场

后稷殿

拙子亭

慈申湖

→ 五洋乡村

慈联场

国家级『美丽乡村示范村』的故事

李豆罗和西湖李家

豆罗逗语

余汪 黄莹 著

百花洲文艺出版社
BAIHUAZHOU LITERATURE AND ART PRESS

图书在版编目（CIP）数据

豆罗逗语：李豆罗和西湖李家 / 余茳, 黄莹著. --南昌： 百花洲文艺出版社, 2023.5
ISBN 978-7-5500-4239-1

Ⅰ.①豆… Ⅱ.①余…②黄… Ⅲ.①李豆罗 – 先进事迹 Ⅳ.①D263

中国版本图书馆CIP数据核字(2021)第083615号

豆罗逗语：李豆罗和西湖李家
DOULUO DOUYU: LI DOULUO HE XIHU LIJIA

余 茳 黄 莹 著

出 版 人	陈 波
策 划	邹晓冬
责任编辑	安姗姗
书籍设计	方 方
制 作	周璐敏 胡益民
绘 画	万思雨
出版发行	百花洲文艺出版社
社 址	南昌市红谷滩区世贸路898号博能中心一期A座20楼
邮 编	330038
经 销	全国新华书店
印 刷	江西千叶彩印有限公司
开 本	787 mm × 1092 mm 1/16 印张 13
版 次	2023年5月第1版
印 次	2023年5月第1次印刷
字 数	80千字
书 号	ISBN 978-7-5500-4239-1
定 价	58.00元

赣版权登字 05-2021-168

邮购联系 0791-86895109
网 址 http://www.bhzwy.com
图书若有印装错误，影响阅读，可向承印厂联系调换。

目 录

第一部分
引子

传承华夏文化，恢复古村精华，
重墨青山绿水，美我故乡天下。

◎ 西湖李家鸟瞰图

　　车子穿行在江南特有的低矮红土丘陵之间，一条双向两车道的标准乡村公路蜿蜒着通向远方，时而是片片常绿松叶林，时而是波光粼粼的广阔湖面，时而是绿树掩映中的红墙白瓦村居，蓝天白云下，车子突然就拐进了一个广场，放眼一看，那一条条红石路，一排排马头墙，一汪汪碧绿水，一垄垄油菜花，展示出好一派江南农村美景。

　　这个景色宜人、独具特色的古村，就是西湖李家。

　　西湖李家，因村子西头濒临烟波浩渺的青岚湖而得名。之前的名称是进贤县前坊镇太平村，是因为青岚湖东岸乌岗山下有个太平渡口。

　　进入西湖李家，矗立在道路两旁的高大挺拔的白杨树，像两列英姿飒爽的军人在站岗，护卫着西湖李家的大门。

　　顺着村中蜿蜒的水泥主干道前行，最令人记忆深刻的，是那一丛丛绿色，有树林，有果园，有花圃……黛绿、果绿、深绿、浅绿，所到之处皆被各种绿色覆盖。

西湖李家的各个角落，村道旁、池塘边、山岗、湖滩，凡目光所及，都栽上了树，香樟、云杉、银杏、丹桂、合欢、松树、翠竹……约计五十多万株。

绿树成荫，小树苗苗壮长成大树，天然而成一条条林荫小道，展示出江南水乡的诗情画意。

© 西湖李家鸟瞰图

◎ 马头墙

◎ 荷花

　　除却这些郁郁葱葱，还有那姹紫嫣红、香气四溢的各种鲜花。西湖李家四季鲜花怒放。春天，遍布全村的几千株樱花，穿插着桃花、梨花、李花，浮现出一幅百花争艳的春景图，油菜地里，一垄垄盛开的油菜花，仿佛给花团锦簇的大地盖上了一层黄灿灿的毯子了；夏季，村里村外的水塘隙地都会种上莲藕，形成大大小小的荷花池，一丛丛荷花如出水芙蓉，婀娜多姿，恣意生长；秋天，满园桂树氤氲出的香气钻进鼻腔，瞬间可以让人陶醉；冬季严寒，西湖李家也少不了花的熏陶，花中君子梅花傲然挺立，铮铮铁骨，经受着寒冬的考验。

　　有花还有果。成片成群的各种果园，梨园、桃园、橘园、香柚园、枇杷园和银杏园，种植面积近千亩，遍布村中田地。远近游人可以尽情享受趣味丛生的瓜果采摘农家乐，妈妈带着孩子来，儿子陪着父母来，年轻的小情侣结伴来，年老的两口子牵手来，他们在果园中采摘着果实，体验着农趣，品味着甜美，收获着健康，享受着人生。

继续进入西湖李家的深处，路边不时闪现出一幢幢独具特色的房屋，有些是掌管园林的村民住所，有些是农耕文明的展示场所，直到马头墙出现，一幢规模宏大的徽派风格的建筑映入眼帘，这是西湖李家的第一个景点——陇西堂。

　　陇西堂，西湖李家的李氏祖祠，平日里村上在此开会议事、接待贵宾，也对游客开放。大堂设置简约，但内容丰富，四周墙壁上有西湖李家的历史起源故事、村歌、村规民约、荣誉榜、建设剪影……以"陇西堂"作为游览的起始点，游客可以先对西湖李家的历史文化有个了解，以便更深刻地体会到新时代中国新农村建设和乡村振兴的伟大意义，感受到西湖李家的全新面貌。

◎ 陇西堂

◎ 老子雕像

◎ 唐太宗雕像

　　"李"姓，中华民族的超级大姓，第七次全国人口普查，李姓人口超过一个亿，102415230人，全国排第二。重视文化建设的西湖李家，布陈了不少李姓传统文化故事场景，村子正门，矗立着一尊巨大的李世民的塑像，村里人尊称他"十八公公"；湖边通往乌岗山和农博馆的"丫"字形路口，耸立着一座老子李耳的雕像，老子的著作《道德经》《西升经》印刻在雕像下的青石板上。西湖李家全村的内围墙，分东、中、西三个院落，每个院落间的围墙巷道曲径通幽，都有红石门楼，一百多个门楼上都刻有李氏名人的画像与生平，李广、李虎、李渊、李世民、李白、李商隐、铁拐李等，记录着陇西李氏的风流人物，述说着陇西李氏的灿烂历史。

◎ 乡心亭远眺

　　走出陇西堂，左手边是一个占地 8800 平方米的红石广场，这是西湖李家村民的重要活动场所，村中的重大活动都会放在这个广场举行。2007 年除夕，全村首次百桌年饭便在这里举行，两千多父老乡亲齐聚，欢欢喜喜过大年；2008 年，电影《命根》开机仪式在这里举行，各级领导和媒体朋友热热闹闹祝贺开机成功。每年正月初七、十五，西湖李家隆重的板凳龙活动也在红石广场有规律、有节奏地舞动，蔚为壮观。

　　广场邻水，一口水塘在广场正南，清澈的水塘中央，坐落着一座凉亭，名曰"乡心亭"。据说，每个走出西湖李家的后生也好，女娃也好，走出村子的最后一眼，都能看到这座亭子，都被告诫着：在外打拼的西湖李家人，勿忘家乡，勿忘父母，这里永远是西湖李家人的根！树有千层叶，落叶要归根。

◎ 乡心亭

　　乡心亭与直达乌岗山宾馆的小径，一同构成了西湖李家的中轴线。顺着小径直上，经过荷花池、天鹅湖，便能置身于一处制高点，一览西湖李家全景。

◎ 德胜楼

从陇西堂沿着主干道向西前行，穿过文化长廊，可以看到天鹅湖边矗立着一尊汉白玉制造的高大的毛泽东雕像，这就是西湖李家的红色文化景区德胜楼。德胜楼名称源于毛主席。那是1947年解放战争初期，国民党"西北王"胡宗南率领20万大军进攻陕北，毛泽东撤出延安，在陕北大地继续指挥全国解放战争，为了安全，毛泽东化名李德胜，并从

◎ 毛泽东像章收藏馆

此爱上了"李"姓，给自己的两个女儿分别取名"李敏""李讷"。2017年，西湖李家与毛主席的家乡韶山村以"李"姓为缘分，结为友好乡村，加强经济协作及文化交流，互学互鉴，共同推动乡村振兴事业。

德胜楼所在区域为红博馆景区，由德胜楼、毛泽东像章收藏馆及毛泽东雕像组成。这片区域的主要功能是宣传、展示红色文化：德胜楼陈列了中共一大至十九大的介绍及主要领导的照片；毛泽东像章收藏馆存放了一万两千多枚毛主席像章，且被设计成中共历史上具有象征意义的历史事件贴画——井冈山黄洋界、遵义会议旧址、飞夺泸定桥、延安宝塔山等。

回到主干道继续前行，便进入西湖李家的重点景区——农博馆景区，这里集中了农夫草堂、农博馆、居膳堂、工匠馆、碾米坊、榨油坊、挂面坊等建筑，一派中国农村千百年来自给自足小农经济的乡村劳作、生活场景扑面而来。

◎ 农夫草堂

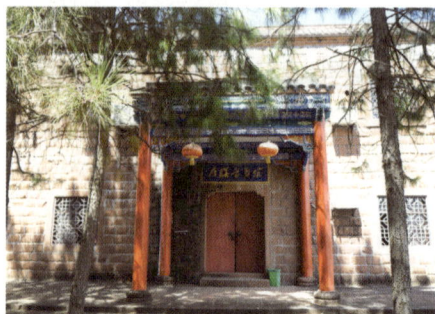

◎ 居膳堂

◎ 农博馆

农夫草堂的正门前，有棵九头樟，因王勃《滕王阁序》中"谢家宝树"之故，这棵树被当地人称为"李家宝树"。正所谓人难十全，树难九枝，这棵九头樟实属难得的稀罕物，与之合照，沾沾灵气，没准还能做个"十全人"呢！

农夫草堂一楼摆放着很多古典家具，这是麻利民古典家具博物馆。绝大多数古典家具都是辽宁铁岭工人麻利民馈赠的，故以其姓名命名。这座博物馆最为贵重的家具是一架九龙屏风，样式大气，正面雕刻了九龙戏珠，顶部还雕有两条龙，栩栩如生，如入化境，堪为镇馆之宝！

◎ 农夫草堂前的九头樟

◎ 九龙屏风

◎ 传统裁缝店

◎ 用具厅

　　继续前行，便是农博馆景区。景区里分别设置了甲第馆、农耕馆、作坊馆、七匠八铺。甲第馆青砖黛瓦，马头墙隔，内有古董、瓷雕，家具也颇具格调。穿过甲第馆的庭院，进入农耕馆，工匠室、用具厅、农具室、篾器室一一呈现，在这里，能亲眼看到旧时代各行各业的匠人所用的工具——裁缝用的篾板尺、理发匠用的剃头挑子、铁匠用的铁、弹棉絮匠用的弹弓，还有木匠的斧头、泥匠的泥刀等，还能一睹农耕时代村民生活的必需品——粮柜、纺织机、推车、花轿等，也能体验农民的生产工具——打水稻的禾斛、耕田的犁耙、灌溉农田的水车等，还能认识用竹子制成的篾具——篾制箩筐、晒筐、鱼篓、灯笼、撮斗等。作坊馆，是农村几千年来小手工业的具体展示，包括了榨油坊、酿酒坊、制面坊和碾米坊，通过器物和场景的展示，观众们很容易就能体会到先人的聪明才智，仿佛置身于过去的时光中。

◎ 木匠工坊

◎ 老式理发店

◎ 踏碓

◎ 榨油坊

◎ 小石磨

◎ 碾

◎ 青岚楼

　　参观完农博馆景区，往西北方向前行，就是乌岗山景区。首先到达鹭鸟天堂，这是上百亩各种大树组成的森林，林间飞舞着成群美丽的鹭鸟，蓝天白云，绿树成荫，白鹭翱翔，构成一道天然美景。

　　乌岗山，是一片郁郁葱葱的森林，曾经是西湖李家的林场。这里地势高耸，濒湖临风，山水相依。湖边，是俊明泳场和花圃，游客在湖边嬉戏漫步，在岸上赏花逗鸟，惬意自在。乌岗山景区内，有一座青岚楼，是本书主人办公的场所，也是西湖李家景区四五座接待酒店中最高档次的酒店，堪称西湖李家的五星级宾馆。

　　青岚楼楼下，是一座颇具规模的农家餐厅。西湖李家大厨的手艺很高，烧出的，

是味道非常正宗的农家菜，土鸡汤、红烧肉烧蛋、湖鱼、时蔬……鲜香可口，回味无穷。

在党中央提倡乡村振兴的今天，置身于西湖李家这座风景秀丽，文化底蕴浓厚的现代化乡村，仿佛可以欣赏到一千年前宋代诗人秦观《行香子·树绕村庄》中描绘的景色：

> 树绕村庄，水满陂塘；倚东风，豪兴徜徉；小园几许，收尽春光。有桃花红，李花白，菜花黄。
>
> 远远围墙，隐隐茅堂。飏青旗，流水桥旁。偶然乘兴，步过东冈。正莺儿啼，燕儿舞，蝶儿忙。

然而，仅仅十几年前的西湖李家，却并不似现在这般诗情画意，当时，脏乱的村庄、破旧的房屋、泥泞的道路，随处可见猪牛粪，遍地都是鸡鸭屎，令人难以驻足。

西湖李家今天的变化，要追溯到 2010 年 1 月，要提到一个人，南昌市原市长李豆罗。

第二部分
回乡

休政回乡当农民，策马扬鞭又登程。
任凭征途千番苦，留点痕迹后人评。

"

我从农民干到市长花了 40 年，从市长当回农民只花了 4 小时。

人要有三句话：一要有感情，二要有激情，三要有水平，少一样都不行。有了这三样，随便什么角色都会出彩，随便哪个角色都能'演'好。

凡懂得报效祖国的人，都热爱家乡；凡是热爱家乡的人，都懂得报效祖国。

"

回乡

2010 年 1 月 20 日，中央电视台《新闻联播》宣布，中国嫦娥二号绕月卫星突破关键技术，火箭卫星测试获得成功；中国棉花市场价格每吨上涨 5800 元，低棉价时代结束。

对于广大中国老百姓来说，这只是非常普通的一天。

对于曾任南昌市市长的李豆罗来说，这却是里程碑式的一天。

这一天，见证了李豆罗人生舞台的重要转换：从政治舞台回归社会舞台。当天上午，李豆罗在南昌市人大常委会作述职报告，之后卸任南昌市第十三届人民代表大会常务委员会主任的职务。下午，他就回到西湖李家，召开了李家村建设新农村动员大会，全村两千多人都在这里等着他。

上午，南昌市人大常委会主任李豆罗的述职报告非常精彩，他总结了自己的 40 年政坛生涯，可以从 5 个方面概述：政治上，与党中央保持一致；思想上，以民为本；工作上，开拓进取；作风上，光明磊落；生活上，艰苦朴素。述职结束，大家都鼓掌，看着他笑。他知道大家在笑什么，坦诚地说："大家都在关爱我、关心我，问李豆罗今天下午干什么？所以我

◎ 李家村建设新农村动员大会

告诉大家，我前40年是换角色，从农民到干部、从配角到主角、从小生到老生，除了妇女主任没有'演'过，其他角色都'演'了。党政军群，市县乡村，哪个角色我都'演'了。我现在是换舞台，要从政治舞台到社会舞台去。不管在哪里，只要有人用，到哪里都能做事；只要是金子，放在哪里都能闪光。无论'演'什么角色，人要有三句话：一要有感情，二要有激情，三要有水平，少一样都不行。有了这三样，随便什么角色都会出彩，随便哪个角色都能'演'好。"

下午，进贤县前坊镇西湖李家新农村建设顾问李豆罗在"李家村建设新农村动员大会"上的讲话也非常动人，这是他第一次召开全村村民大会，他讲的话主要有几点：构建和谐社会，开拓锦绣前程；打造旅游胜地，发展农村经济。

之后，每次回顾2010年1月20日这一天，李豆罗常会说一句话："我从农民干到市长花了40年，从市长当回农民只花了4小时。打一圈就回来了。回到西湖李家，就是换了舞台，回到乡下来，叫作重操旧业，既当农民，又当顾问，一头扎入社会主义新农村建设。"他还不忘补充一句："我回到西湖李家搞建设，是得到组织同意，上级批准的。"

◎ 李豆罗戏台讲话

从此，西湖李家成为李豆罗退休后的固定住所，没有重要事情，他一般不出村子。

相信很多读者会大感疑惑：放眼全中国，省会城市以上的高等级城市（包括直辖市、计划单列市和省会城市）不会超过 40 个，都已经干到省会城市的市长了，厅局级正职，退休了怎么不好安排？城市里生活舒适方便，各种保障到位，这不是很多人终生梦寐以求的吗？可李豆罗为什么要放弃这一切，甘心回到又穷又脏的西湖李家，从头开始当农民呢？这是图个啥呀？

对于这些疑问，李豆罗用了一首诗铿锵作答：

> 休政回乡当农民，策马扬鞭又登程。
> 任凭征途千番苦，留点痕迹后人评。

李豆罗心中的信念就是：回到农村重新当农民，并不是一件丢脸的事情，相反，这是能够继续报效祖国，践行共产党员初心的最好方式。

李豆罗坚信："凡懂得报效祖国的人，都热爱家乡；凡是热爱家乡的人，都懂得报效祖国。"

这，就是他心中的家国情怀。

李豆罗回乡的念头，其实更早时候就萌生了。只是，之前在南昌市的工作太忙，他没有足够的时间好好规划、建设自己的家乡。退休后，时间有了，焦点也集中了，他觉得正是自己大干一场的时候。

这一干，到2023年1月20日，就是整整13年。13个寒来暑往，四千多个日日夜夜，风风雨雨，李豆罗专心致志地做着这一件事情——建设西湖李家，为江西、为南昌、为进贤的新农村建设和乡村振兴做一个样子。

2022年10月，党的二十大报告提出，全面推进乡村振兴。坚持农业农村优先发展，坚持城乡融合发展，畅通城乡要素流动。扎实推动乡村产业、人才、文化、生态、组织振兴。

13年前，从政治舞台回归农民舞台的李豆罗，仿佛有着未卜先知的本领，早已经走在乡村振兴的道路上，紧跟党的步伐，发挥退休老党员的余热，践行自己的初心使命。

◎ 乡村建设生动图景

逗语

"

稳定无小事，小事当大事，没事当有事，有事莫怕事。

脚踩西瓜皮，滑到哪里算哪里。

'农夫'对'村姑'，相伴好幸福。

"

印象

　　漫步在西湖李家的乡间小道的游客朋友，不经意间就能见到这样一位老者：个子不高，目光如炬，精神矍铄，梳着一个"大背头"，头发还有点自然卷，脸上刻着岁月的皱纹；总是穿着一身迷彩军便服，背着手阔步走在村道上，视察着西湖李家的大小工程。

　　他，就是本书的主人公，南昌市原市长李豆罗，依旧如20年前在电视中见过的那样。

© 李豆罗接受采访

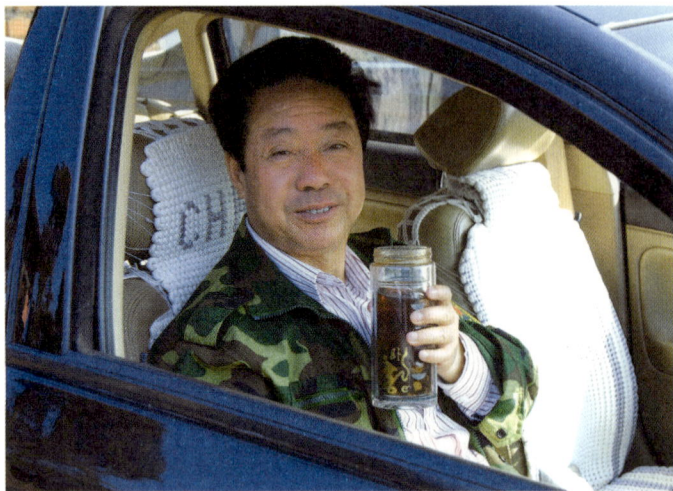

◎ 青岚农夫李豆罗

他是在南昌百姓中间口口相传了很多年的人，对五百万南昌人而言，"李豆罗"这三个字，就是一个符号，一个标志。

乍一听这个名字，很多人会觉得有些许诙谐，与堂堂省会城市的市长身份似乎不太匹配。"豆罗，豆罗"，这是个什么意思呢？

其实，"李豆罗"只是个小名，他真正的名字叫李衍生，"磨刀李"氏"爵公堂"这一支的"衍"字辈。但是，"李衍生"这个名字，从小到大，他几乎从来没有用过，因为"豆罗"这个名字，从小就跟随着他。

"李豆罗"，这个罕见的、颇为有趣的名字是怎么得来的呢？

原来，生李豆罗之前，李豆罗的母亲胡老太太生过一个男孩，这个苦命的孩子不幸很小就夭折了。数年后，胡老太太又怀上了孩子，1946年7月11日中元节，也就是临盆前一天晚上，胡老太太来到庙里，向菩萨祈祷顺利生下并养大肚子里的孩子。第二天，李豆罗在祖屋顺利出生，父母一看是个男孩，高兴坏了，因为担心儿子再一次夭折，便把儿子放在祖屋后面的伯伯家养，并给他取了个贱名"后头女"。

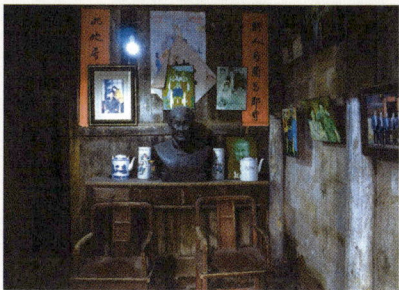

© 李豆罗祖屋

"后头"，指放在祖屋后面养大，"女"，是农村男尊女卑的习俗，把儿子名字叫贱一点，似乎就好养活一些。于是，李豆罗从小就被村里人叫作"后头女"，叫来叫去，"后头"转音便被叫成了"豆罗"，因为西湖李家的方言和抚州话比较接近，抚州话里，"后"字和"豆"字发音基本相同，"头"字转来转去讹成了"罗"，于是，"李豆罗"这个名字便伴随了未来的南昌市市长的一生。

至于"李衍生"这个谱名，李豆罗虽然读书、工作期间从来没有用过，但在家族的某些重大仪式上，他还是很郑重地使用过。在他远赴甘肃陇西修"陇西堂"族谱时，他便以本名"衍生"题过字：追本溯源，万里寻根。枝繁叶茂，陇西衍生。如今在西湖李家希望小学的门楼上，也有一副以他本名作的对联：衍游上苑亦春早，生植西湖艳阳天。

退休回到村里后，李豆罗还给自己取了个艺名——"青岚农夫"，他的第二任夫人胡桂莲女士便也自称"青岚村姑"，"农夫"对"村姑"，相伴好幸福，真是好一对佳偶天成的夫妻，似乎让人想到《天仙配》中唱的：你耕田来我织布，你挑水来我浇园。好一幅夫唱妇随的美景！

李豆罗当市长时，堪称明星，不仅因为他是市长，一举一动可以左右五百万南昌人的喜怒哀乐，也因为他说话时一口土得掉渣的乡音。曾经，不少南昌市民都因为亲耳聆听了李市长的讲话而把他的口音学给家人听，惹得全家人哈哈大笑。甚至有不少李豆罗出席的大会，一些

◎ 2004年3月江西电视台两会直通车栏目

参会者会专门带上袖珍录音机，把市长的讲话录下来，回家放给全家人听，让大家乐不可支，好似今天人们听郭德纲的相声一般。就连小学生，都喜欢看有李豆罗做报告的电视节目，因为那一口生动的、不少字词难以听懂的"塑料"普通话，实在是太可乐了。可惜那时候网络和通信不似今天这么普及发达，否则，相信李豆罗的独特乡音一定会随着微信流传得更广，李豆罗在21世纪初便会成为网红巨星。

今日，打开抖音APP，刷到与李豆罗相关的小视频，李豆罗那一口带着浓重乡音的生动金句便立刻扑面而来！

试举几个笔者在西湖李家亲身经历的例子：

李豆罗走在村里大道上，突然听见有人喊自己的名字"李豆罗"，他就会大声回复："哪个喊李豆罗？有犀利（方言，什么）事哦？"

李豆罗陪同我们吃午饭，中午1点了，他礼貌地告知一声："你们继续恰（方言，吃），我先行一步，中午有困告（方言，睡觉）的习惯……"

有人找李豆罗商量事情，但是又不好直接说出来，李豆罗便说："爽快些子（方言，一些），有事就哇（方言，说）嘛！"

……

南昌市民间，广泛流传着一个"李豆罗与撮达西"的故事。

"撮达西"，是南昌人爱说的一句土话，土得掉渣，却是一种比较强烈的语气

词，大致相当于表示惊叹的"呜啊"，基本语意就是现在年轻人经常说的"我靠"。

这个故事有好几个版本，比较流行的是以下这个版本：南昌市和日本高松市结成友好城市。某年高松市经贸代表团访问南昌，达成了很多合作协议。南昌市市长李豆罗便问秘书：这次合作谈成了多少项目？多少钱？秘书说了个很大的数字，李豆罗一听，吓了一跳，脱口而出：撮达西，咯么（方言，这么）多钱啊！旁边的日本翻译听闻，便问秘书：某桑，这个撮达西的，是什么的干活？秘书当然不能如实相告，脑袋转了几圈，便说：撮达西，是南昌土话，就是表示很好，赞美，夸奖的意思！日本翻译"哟西哟西"笑眯眯地记住了。第二年，李豆罗率领南昌市经贸代表团回访高松市，一出机场，道路旁边站立着许多日本青少年，挥舞着中日两国国旗，有节奏地喊道：撮达西李豆罗！李豆罗撮达西！

当年这个故事在南昌百姓中流传很广，现在40岁以上的南昌人基本上人尽皆知，至今还不时会在茶余饭后当作段子讲，引起一阵欢笑。这个故事也被记录在好几本书中，南昌本地著名作家程维的著作《南昌人》中也收入了这个故事。

关于这个故事的真实性，我们专门询问了李豆罗。李豆罗告诉我们，这个故事的原型有，但不是发生在自己身上，而是发生在一个校长身上。南昌百姓不知怎么地就安到了李豆罗头上，可能是南昌人觉得这个故事发生在堂堂市长大人身上，更逗趣，影响力更大吧。李豆罗看到大家都这么高兴，也就没有专门去厘清这个传说的出处了。

实际上，李豆罗很少骂脏话，更不会用方言说脏话骂人。李豆罗虽然在工作上批评人相当厉害，但却从不骂人。如果有人没有做好工作，李豆罗要不就耐心说服，要不直接凶对方一顿，从没有什么"他妈的"那些戳骂（方言，侮辱）人的话。因为李豆罗知道，尊重人是人的基本素质，在正式场合，他都会以每个人的职务职称称呼对方，例如张局长、黄部长、王教授等，他非常注重这些礼节。

李豆罗这口难懂的"塑料"普通话，闹了不少"笑话"。曾经有领导开玩笑地问他："你怎么连普通话都不会说呀？"李豆罗一本正经地回答："这都是有原因的。一是我读书不多，没去过高等学校读过书；二是工作的地方就在本地，也没有去过外面，如果在当地说普通话，老百姓还要骂你呢，家乡人会说你神里神气（方

◎ 2005 年 2 月 7 日，李豆罗慰问公安干警

◎ 李豆罗在新建县大塘乡走访百姓

言，有点摆谱），官还没当呢，就卷着舌头讲话了。"他刚说完，听的人都哈哈笑了。

　　除了口音，李豆罗带有鲜明个人风格的金句也是花样百出，句句经典，朗朗上口，一首首打油诗，一句句顺口溜，信手拈来，层出不穷，令听者最快速度就能记住他的话，领会话中的精髓。

　　李豆罗在南昌市市长任上时，曾经有人问他对南昌的印象，李豆罗不假思索地回答："南昌人心思向上，人气兴旺，经济提速，城市变样。南昌是：经济运行高位增长，招商引资人来客往，城市建设有模有样，各项保障健全有力，社会稳定人民安康。"

　　他说得意犹未尽，继续加码，而且越说越具体："抬头看天——空气质量，不优就良；低头看地——大街小巷，不乱不脏；外出游玩——江河湖泊，碧波荡漾；稳定要抓三大块——消防、治安和生产。稳定无小事，小事当大事，没事当有事，有事莫怕事。"

　　……

　　李豆罗标志性的顺口溜，来得又快又多，似乎信手拈来，浑然天成，听得人往往耳目一新，荡气回肠。实际上，这些顺口溜的产生，除了天赋之外，更包含了李豆罗的专门训练和日积月累。他从社会基层一步步走到重要岗位，了解、知晓基层百姓的诉求，他知道基层百姓文化水平普遍不高，讲大道理少有人听得进，倒是这民间易于流传的顺口溜、打油诗，因为文字浅显，道理易懂，音韵简单，朗朗上口，让人记忆深刻，易理解，易传播，往往可以取得很好的效果。所以，李豆罗把这些顺口溜、打油诗作为自己开展工作的法宝，一有时间就收集，酝酿，琢磨着如何把道理蕴含在简单的几句话中，又要深入浅出，又要好记上口。加上他年轻时候唱过戏，演过各种角色，熟悉戏文的套路，久而久之，他的脑袋中便储存了好多"金句"素材，随时随地可以拿出来活用，令人称奇！

透过这些朴素却寓意深刻的金句，不难看出，李豆罗拥有丰富的基层工作经验。一来是他从基层来，理解基层人民的需求；二来是他聪明好学，善于归纳、总结，运用智谋；三来，最重要的，是他有一颗包容的心，他不把自己当成什么大人物，而是把自己当作普通百姓的一员，只要涉及群众的利益，他什么话都愿意听，什么事都愿意尝试！

这也是我们这本书书名《豆罗逗语》的由来。描写李豆罗，我们着重用他的种种欢乐的"逗语""金句"，把李豆罗的性格串起来，把李豆罗的业绩串起来，把李豆罗的做法串起来，把李豆罗的思路串起来——通过这4个"串起"，我们这本书的主题也就完整地实现了。

笔者在与李豆罗的交流中，多次听到一个最令我们惊奇的"逗语"，就是：脚踩西瓜皮，滑到哪里算哪里。

"脚踩西瓜皮，滑到哪里算哪里"，这句话，本来是明显的贬义熟语，讽刺一些人做事没有计划，做到哪儿算哪儿。

但李豆罗在聊起自己的工作时，数次说出这句话，表明他是这句话的极力推崇者，这令我们有种石破天惊的感觉！

李豆罗第一次跟我们说到这句话，是谈到他在市委市政府领导下，治理玉带河的过程中，找来了一个团队。这个团队一共7人：曾帆晓，市政府办公厅退休人员；袁仕鹏，市水利局退休人员；徐远光，市建委退休人员；戴圣民、袁蔚秋，市审计局退休人员；万祥雄，市城建局退休人员；李敏荪，市规划设计院退休人员。

◎ 2003 年 12 月，李豆罗视察玉带河改造工程

◎ 2005 年 7 月 18 日，李豆罗察看玉带河西支栏河堰改造工程

这是一支颇为奇特的团队，因为这个团队的 7 人涉及业务涵盖了玉带河整治的各个方面，却又都是退休人员。

当初，许多人看到这样一个团队，无不心存疑虑：就让这些退了休的老头子去做玉带河治理这么大的工程，不是开玩笑吗？但是待到玉带河治理完毕后，大家才知道李豆罗当初的选择的真意。

李豆罗的奇谋、绝招建立在这几点基础上：

首先，这 7 人身体都很好，而且都是刚退休不久，有足够的时间，又有足够的精力来好好做项目。这一点最重要。李豆罗深知，玉带河的治理必须找到一群有时间有精力，想干事能干事的人，这是排在第一位的大事。

其次，这些人之前都在南昌市各部门任过领导，都是一方"诸侯"，在下属面前都有一定的威望，交流沟通起来好办事。

第三，自己对这些人知根知底，知道他们有干劲，有激情，肯定能把这块硬骨头给啃下来。

第四，李豆罗与他们都打过多年的交道，彼此信任，感情深厚。

这支团队被命名为"八湖二河指挥部"，在南昌市政府大楼里设了间临时办公室，大家每天聚在一起，商量方案。当时李豆罗对他们说："你们不要管那么多，脚踩西瓜皮，滑到哪里算哪里。"又说："你们要只顾开头，不顾结尾。"

◎ 今日玉带河

这就是李豆罗的魄力。面对几十年都没有落到实处的老大难问题，他不管三七二十一，先动起来再说。也许，一开头的方案还不是最佳，但是他知道，如果没有开头，那么任何事情永远都可能只是纸上谈兵。

这句看似贬义的俗语，到了李豆罗这里，却被他用成了褒义。这充分证明了李豆罗的睿智机敏和灵活变通，因为他深知万事开头难的道理，如果不赶紧开头，那么，无非是在论证了三四十年的时间上再增加一两年而已，不会有任何实际的收效。所以，他要的是实际效果，就是要不管不顾地先开了头再说，开了头，很多事就能逐渐走上正轨，就能一步步向前迈进了。

这真是一个新鲜的理论，令我们眼界大开。李豆罗果然是一位经世高人！

但是，我们心里又颇为困惑，问道："那么李市长，开头好办，万一后面做砸了或者没有办法完成任务，又该怎么办？"李豆罗听了，狡黠地微微一笑："当然最后的效果是最重要的，做砸了肯定不行。我让他们先开头，只顾开头，不顾结尾。但后面，我又有一句话：你有本事开头，就要有本事收尾！"

◎ 脚踩西瓜皮，滑到哪里算哪里。

逗语

凡我西湖李家人，不论飞多高，不论走多远，不论赚多少，起根发苗在这里，落叶归根在这里。

一万元不嫌多，一块钱不嫌少。不要小看一块钱，可以买上一块砖。

恶人须得恶人磨，恶狗碰到恶猪婆。

众筹

回到本书第一章。

只用了 4 个小时，李豆罗就回到西湖李家，即刻召开村民大会。会场选在"陇西堂"前的空地上，村民们临时搭建了台子，连横幅都准备好了。

站在两千多名父老乡亲面前，李豆罗心里有千言万语。他控制住自己的情绪，说："我决心组织全村用心搞社会主义新农村建设，建设西湖李家。"他给两千多村民鼓劲，"凡我西湖李家人，不论飞多高，不论走多远，不论赚多少，起根发苗在这里，落叶归根在这里。这就是我们的家，我们的乡，我们要共同打造这个家乡。"

立马有人质疑："搞建设当然好，我们也想搞。但是需要好多钱，钱从哪里来？"

李豆罗幽默地说："钱不是问题，问题是现在没有钱。"

◎ 捐款仪式

　　钱，是李豆罗建设西湖李家最需要的、也是令他最发愁的东西。他回村的第一件事，就是筹钱，发动大家把家里的积蓄拿出来入股，这也是他开这个村民大会第一个要达到的目的。在他的感召下，参会的两千多人人人都捐了钱，这个捐8000元，那个捐3000元，就连村里的残疾人也捐了1000元或者500元，甚至八十多岁的老人也献出了自己的养老金。瞬间，李豆罗再也抑制不住自己的感情，眼眶湿润了。

　　第一次大会，村里筹集了二十余万元建设基金。

　　二十余万元，对于建设西湖李家，只是杯水车薪，远远不够。不过，好在能起步了！

　　从最基层的干部一级不落当到了南昌市市长的李豆罗，当然清楚钱的重要性，当然知道没钱寸步难行。为解决这个大难题，李豆罗回乡初期主要是用了三招：乡邻相筹、友人相帮、项目相凑。

© 李豆罗向捐款村民表示感谢

　　乡邻相筹。这就是李豆罗回乡第一天号召的，大家一起捐助。之后，这样的活动每年都会搞，一般都在新年来临之际举行。那个时候，老人拿出养老金，学生拿出压岁钱，嫁出的女儿回娘家捐，姑爷女婿上门捐……对于捐赠，李豆罗有一句名言：一万元不嫌多，一块钱不嫌少。不要小看一块钱，可以买上一块砖。

　　在建设村里红石广场的时候，一开始李豆罗遇到了麻烦。花了不少钱买来的大红石头放在广场上，第二天早上一看，一块都没有了。第二天又花钱买了运来，第三天早上一看，又没有了。李豆罗找到村干部，说："我搬石头来，是来修路的，来铺广场的，不是放去哪个家里的。如果他们愿意拿出来，我们就去搬出来。如果不搬出来，很简单，我就在他家门口倒一车石头，他不要出来了。恶人须得恶人磨，恶狗碰到恶猪婆。当然，这是个笨办法。"

　　在西湖李家建设的早期，这样的笨办法李豆罗也无奈地用了不少。

　　2011年春节，回乡一年的李豆罗组织村民在陇西堂前的红石广场举办"百桌年饭"活动，全村在家的人，男男女女，老老少少，拖家带口，都来了。广场上摆放了一百桌年饭，戏台上大戏一出接一出，家家户户坐在一起谈笑风生，畅叙亲情，这是西湖李家好多年没有过的盛景，洋溢着浓浓的大家庭氛围。李豆罗和几个村里的干部、长者依次向每一个家庭拜年，让每一个村民心里都暖暖的。中国的家庭传统是家族血缘关系浓厚，李豆罗的这个举动让大家心中充满了温暖。在陇西堂的家族影响力下，李氏家族的乡亲们心更齐了，凝聚力更强了，互相之间更加团结了。

◎ 百桌年饭

他们感受到了家族的热情和温暖，体会到了一个不一样的春节。李豆罗发表了热情洋溢的新年祝词，提到了自己的设想，提到了西湖李家的美好明天，提到了村里建设的资金缺口问题，乡亲们在这种气氛感染之下，纷纷意识到自己作为西湖李家一分子的荣耀和责任，感恩家乡、报答家乡自然就是分内之事。大家纷纷贡献出一分力量，捐献出自己的爱心款。

有位勤劳朴实的八十多岁老人李显谷，一下子拿出自己省吃俭用积攒的 8000 元养老款，令大家感动不已，敬称他为"老来红"。要知道，在以土地为生的传统农业环境下，村民的现金来源有限，一下子拿出 8000 元，不是个小数目。这是老人家把自己的一颗心掏了出来。那一刻，李豆罗流泪了。

李哲韬，刚满 5 岁，和父母一同回老家过年，看到如此震撼的场面，也不由自主地将刚收到的两百元压岁红包投进了捐款箱。

……

捐款结束后，大家相继回到座位，一同吃喝说笑。老人们坐着，年轻人站着，孩子们跑跳着。尤其是城里的孩子们回到乡野，吃呀什么的不重要，他们可劲儿地玩闹着，追逐着，享受着大城市里没有的春节气氛。

看着这一切，李豆罗感动了，越发觉得自己退休回乡，这条路是走对了。他写了一首诗——《西湖李家过年》，记录下这幅美好的景象：

龙腾虎跃闹新春，百桌年饭全族情。

古装戏台重起舞，民颂盛世享太平。

从此，每逢过年全村都会为建设家乡筹钱，这成了西湖李家的一项传统，十多年来坚持了下来。每次筹钱活动后，李豆罗都会安排人员把捐款人的名字书写在陇西堂旁边的白墙上，昭告于世，展示出西湖李家人将乡村建设进行到底的决心和信心。

李豆罗的第二条筹款办法——友人相帮。

李豆罗广结善缘，他的朋友大都来自五湖四海。由于大家都很欣赏李豆罗的人品，很多人经常前往西湖李家看望李豆罗，畅叙友情之后，大都会留下善款。

为了答谢这些帮助了自己的朋友，李豆罗在农夫草堂内设立了一面捐款墙，以彰扬朋友们对西湖李家的贡献。捐款达到一定数目者，其名字便会被刻上去，装裱起来，有些捐款数额比较大，或者捐赠项目的朋友，李豆罗甚至会用朋友的名字命名一

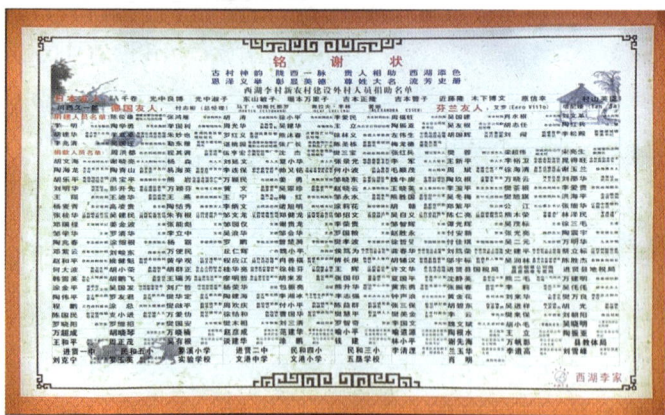

◎ 铭谢状（外村人）

◎ 西湖李家 2021 年春节捐款一览表

幢房子或者一个项目，令他们的名字在西湖李家流芳百世，比如青岚湖边的"俊明泳场"，做酒的"李守波酒厂"。李豆罗说："我特别感谢任何一位为西湖李家建设做出贡献的人，每一个人我都会记录在册，特别是那些帮助盖楼、搭桥的人，我会以他们的名字来命名这些楼或桥，因为我要让西湖李家的后人永远铭记他们！"

李豆罗知道，个人的力量再大，也如涓涓细水。利用好村子已有的项目以及国家政策层面的利好，才是西湖李家建设资金的重要来源。这就是李豆罗最重视的筹钱第三大法则：项目相凑。

西湖李家建设前期，恰逢国家为改变山村面貌出台了一系列利好政策，李豆罗敏锐地抓住了这样的机会。2016 年 11 月，西湖李家被中华人民共和国住房和城乡建设部列入第四批中国传统村落名录，获得国家保护古村落项目拨款 300 万元，一下子解决了西湖李家的大问题。

当时，整个南昌市只有两处获得了这次国家保护古村项目的资金支持，一处是西湖李家，一处是新建县的汪山土库。

以上三个渠道，就是西湖李家开发早期的资金来源。李豆罗心里清楚地知道，要真正把西湖李家做强做大，最关键的就是要自身具备造血功能，也就是产业来兴。关于这一点，后文会有详尽的介绍。

逗语

班子好，就是火车头；班子不好，就是搅拌机。

我是发话的，黄华明是发麻的，李旺根是发价的。

只做规定动作，绝对不搞自选动作。

第一步，捡砖捡瓦；第二步，买砖买瓦；第三步，烧砖烧瓦。

班子

　　钱的问题暂时解决了，各项工作就要提上议事日程了，另一个关键因素来了——

　　人！

　　西湖李家的管理，当然不能仅仅依靠李豆罗一个人，必须依靠一个团队。这个团队主要由四人组成：李豆罗、黄华明、李旺根、胡桂莲（李豆罗现任夫人）。

　　四个人每天都要开个会，商量村里的工作。李豆罗和黄华明、李旺根一般都是通过电话沟通。有时候三人陪客人吃饭，客人走了，再叫上胡桂莲，四人小聚一下，碰个头开个会。

　　李豆罗和黄华明、李旺根是同村发小，三个人从小一起光屁股长大，小时候都在家种田，后来都步入了基层，又当上了基层干部。刚开始，李豆罗是大队书记，黄华明是民办老师，李旺根是赤脚医生。自此，李豆罗

◎ 西湖李家管理团队主要成员：李豆罗（左二）、黄华明（左一）、李旺根（右一）、胡桂莲（右二）

从了政，黄华明从了教，李旺根从了医。

工作后，李豆罗总对李旺根说："我不如你，你打一针能治好老百姓的发烧，我再怎么做也做不到。"后来，李豆罗由于出色的工作能力，被提拔到乡里、县里；黄华明考上了中专，后来去了县委宣传部；李旺根考上了卫校，后来去了县卫生局。三人在各自的工作岗位上发挥作用，那时候大家只能靠书信联系，见面的机会不多，只能在逢年过节回家时才聚在一起，叙旧谈笑。

直到退休，年龄差不多的三个人又都回到了西湖李家，李豆罗把这两个老兄弟拉在身边，说服他们与自己一起为建设西湖李家出力。13年过去，"三叉戟"格局早已形成，黄华明和李旺根虽然白发日多，但对于西湖李家的建设，对于李豆罗的规划，都是尽心尽力地支持着。

李豆罗这样介绍两位老友的特点：黄华明个性特别古板，灵活性不够，但是原则性很强，让他去处理那些原则性强的工作，再好不过；李旺根则性格圆通灵活，不会得罪人，去处理那些复杂的涉外事务恰到好处。两个人虽然个性不同，但对于

◎ 西湖李家村委会委员合影

西湖李家的情感都非常深厚。

李豆罗经常说黄华明和李旺根是他的左膀右臂、"哼哈二将"，他已经离不开他们了。每天，李豆罗视察各个工地，李旺根陪同，黄华明主持村里的日常工作，胡桂莲管后勤，四人分工鲜明，将工作安排得井井有条。

李豆罗介绍说："大家在一起共事，机会难得，值得珍惜。班子要团结，才有力量。好，就是火车头；不好，就是搅拌机。团结，就是火车头，带着大家跑；不团结，就像搅拌机一样，一天24小时原地转，不得动。"

李豆罗几次说起自己回乡至今的13年间，最心灰意冷、最孤立无援的日子，就是2015年的一段时光。当时，建设资金缺口大，黄华明生病住院动手术，李旺根也因事有一段时间不在村里，李豆罗觉得自己孤零零的，举步维艰，心情沮丧了一两个月，差一点就坚持不下去了。好在最终，李豆罗坚持了下来，黄华明和李旺根也

© 汪山土库

回到了西湖李家，与李豆罗再襄盛举。

回望这段岁月，李豆罗至今仍有些意兴阑珊："那段时间真难熬，我真的想打退堂鼓，这在我的工作经历中并不多见。当时，我多次用小时候看过的经典电影《大浪淘沙》来鼓励自己，用电影里的主人公靳恭绶的坚忍不拔精神，激励自己再坚持一下，再坚持一下，坚信情况总会好转！"

在李豆罗的号召与带领下，一众愿意为西湖李家建设而奉献的本地本村人士，加入了这个团队，分别是：人称"两只驴"的李升平、涂细街，"三匹马"的李新华、李通达、李国旺，"四条牛"的李发岁、李和平、李雄德、李德田，"五贤达"的黄发明、李旺根、李衍庄、李明炬、李国昌，他们是西湖李家建设过程中的中流砥柱，他们为西湖李家的建设与振兴做出了不可磨灭的贡献。

多年的历练，使得李豆罗练就了一双如炬慧眼，他总能识人用人，在芸芸众生中把最能达成目标的人，放在最需要的地方。或许是他那双眼睛能看透人心，才能做到物尽其用，人尽其才吧。

重用夏细根，修葺汪山土库的故事，和他建设西湖李家时的用人之道如出一辙。

坐落于新建县大塘坪乡的汪山土库，是一座有着辉煌历史的家族聚集的房屋群，素有"江南府第文化博物馆"之誉。

新建县（现为新建区），位于南昌市区的西面和北面，当地人多把大型的青砖瓦房称作"土库"。清道光元年(1821)，当地一户姓程的人家开始在大塘坪乡的汪山岗上建造瓦房，历时30年，至咸丰元年(1851)而成，建成后的汪山土库占地面积108亩，东西长337米，南北宽180米，一共25幢进，1443间房子，572个天井，气势

© 2006 年 7 月，李豆罗在汪山土库座谈调研

恢宏。

其间,姓程的这户人家人丁兴旺,名人迭出,从始建至民国百年间,从这座土库里走出了进士4名,举人11名,大小官员和社会名流一百余名,其中包括清朝时期的湖广总督程矞采、江苏巡抚程焕采、安徽巡抚程懋采等多位一、二品大员以及中华民国时期的国民党中宣部部长程天放、著名音乐教育家程懋筠等社会名流,享有"一门三督抚,五里六翰林"的美誉。由于程家过于显赫,当地人又叫"汪山土库"为"程家大屋"。

新中国成立后,汪山土库作为旧社会的典型代表,受到了批判,大屋也没有得到很好的修缮,逐渐破败。1968年,当时的江西省委第一书记程世清由于正是从汪山土库移民河南新县的程氏后裔,去了汪山土库做调查,觉得这个地方很有传统文化底蕴,便建了一座阶级教育展览馆,以这个名义对大屋加以保护。当时的汪山土库,与四川成都大邑县的地主刘氏庄园并称。再后来,程世清作为林彪反党集团分子被审查,汪山土库内的房子便一半分给当地百姓居住,一半用来做大塘坪乡的粮库,没有得到很好的保护。

◎ 汪山土库俯瞰图

1990 年，李豆罗任新建县委书记时，便注意到了汪山土库。他几次实地察看，望着大屋兴叹，看到如此雄伟的汪山土库遭受破坏，非常惋惜，但因为当时财政拮据，也没有太多的办法。

后来，李豆罗成了南昌市市长，他去欧洲考察，看到欧洲人对文物的保护和重视，令他深受启发。李豆罗下定决心维修汪山土库。

李豆罗依然采用了"只顾开头，不顾扫尾"的做法。他要找到一个领头人，把头开起来。他想到的领头人是已经退休、曾任新建县副县长的夏细根。于是，托人找到夏细根，让他去修缮汪山土库。夏细根个性极强，他一听便对来人说："我已经退休了，这修缮汪山土库干我啥事！你找我干吗？"来人说："老夏，你知道啵，是李豆罗李市长找你去的。"夏细根马上说："那你说了就行了，不用再管这事了。我马上就会去找李市长报到。"

这夏细根与李豆罗之间有一段有趣的故事，那是1990年李豆罗刚到新建任县委书记的时候。李书记看到作为堂堂县城的长垠镇居然没有几条像样的水泥马路，大多只是砂石路和土路，晴天尘土飞扬，雨天满地泥浆，又脏又乱，群众出行很不方

便，他气得就想找城建局局长算账，了解过后，才知城建局局长夏细根是个很有能力的人，也是个很有个性的人，县城之所以搞得这个样子，不是夏细根不想干，而是由于种种原因没法干。于是，某一天，李豆罗亲自来到城建局，找到夏细根，诚恳地说："夏局长，你知道，我在南昌困了三年；我知道，你在新建坐了三年。我们话不多说，合伙再干三年，怎么样？"就这样，夏细根被李豆罗说动了，两人携手整治新建县城。在工作中，两人志同道合，彼此相知，结下了深厚的友谊。

当时，从南昌市通往新建县城长垠镇的唯一通道，就是过了八一桥后，在红谷滩滩涂上修建起来的长征路，路不宽，双向车道勉强可供两辆车相对而过，大概四五公里长的马路旁，搭建了一百多个卖东西的竹木棚子，还有七八个大粪窖，既影响交通，又污染环境。李豆罗每次去市里开会路过这里时，总是皱起眉头。他决心整治，便找来夏细根："夏局长，你去了解一下，这些棚子都是哪些人的，你给我找到影响较大的三户人家告诉我。"夏细根照办了。李豆罗便让夏细根开上自己的伏尔加牌轿车，亲自陪着这三人去了一趟市容整治方面做得很好的新余市取经。这三个人都是人精，当然知道自己坐着县里的车去取经，这档子怪事的背后"主谋"就是李豆罗。回到新建，他们就自觉地把棚子拆掉了。其他人一看有人带了头，也就乖乖地把棚子拆了，把粪窖填了，从南昌市到新建县的主干道长征路就这样变得整洁了，畅通了。

夏细根领命后，开始想办法修缮汪山土库。他找到了大塘坪乡乡长李松殿（现任中共南昌市委常委、宣传部部长、中共新建区委书记），一起去见李豆罗。李豆罗告诉他们："像汪山土库这样的规模，在江南只能是第一，排不到第二。哪怕到了江北，恐怕也是第一。"言下之意，就是这个汪山土库搞不好就是全国排名第一的宝贝疙瘩，你们可要给我好好修。

在汪山土库修缮过程中，因为工作关系，李豆罗还去了一趟山西，专程去平遥、榆次等地参观了一些著名的北方大院，比如乔家大院、常家庄园等，他看到名气那么大的乔家大院，房屋也只有312间，还不如汪山土库的规模，他的心里更有了底气。

回到南昌，李豆罗告诉夏细根、李松殿："我去了一趟北方，看了北方那些名

◎ 汪山土库一角

气很大的大院，感觉我们的汪山土库还是排第一，不是排第二。在中华人民共和国这块土地上，还没有哪个古建筑群的面积和规模能够超过汪山土库。你们给我好好做，做好了功德无量。"

汪山土库的修缮方式，李豆罗采取三步走：第一步，捡砖捡瓦，能不浪费则不浪费，能回收的一定循环利用；第二步，买砖买瓦，哪里缺砖缺瓦，哪里就需要补齐补全；第三步，烧砖烧瓦，这种烧砖烧瓦，跟烧普通的砖、瓦不一样，要讲究一点工艺和造型，要尽可能烧出一百多年前那个时代的"砖味"和"瓦味"。新建县给工程项目部一年划拨400万资金，李豆罗叮嘱他们该花钱的地方一定要花钱，不该花钱的地方一定要节省。

其间，李豆罗还顶住了上级相关部门的压力，力排众议，坚持要把汪山土库修缮好。他激动地说："我们老区人民，战争时代出兵，困难时期出粮。现在，我们把传统文化保护好，继承好，上对得起祖宗，下又能教育后人，有什么不好的？"

经过新建县几任县委书记的努力，汪山土库终于被修缮得有模有样，达到可以挂牌对外营业的旅游景点的程度了。这个时候，"只顾开头不顾扫尾"的李豆罗又干起了老一套，他找来了新建县委书记樊三宝，要求他尽快完成收尾工作。就这样，汪山土库似一颗闪亮的明珠，绽放在鄱阳湖畔，吸引了来自全国各地的众多游客。

2015年，随着海昏侯墓的考古发掘，国家重点旅游景区建设单位南昌汉代海昏侯国考古遗址公园开始隆重打造，而汪山土库，由于与遗址公园相距仅10公里，也被划入海昏侯大景区，被越来越多的国内外游客所光顾、熟知，迎来了一个井喷式的发展期。

话头拉回西湖李家。西湖李家的管理团队分工明确，有总指挥，也有主要负责人，大家各自处理自己负责的工作。李豆罗说："我是发话的，黄华明是发麻的，李旺根是发价的，胡桂莲统管后勤。"

解释一下，李豆罗发话，就是总指挥，CEO；李旺根发价，就是负责商业谈判和采购，尽量压低成本，担任会计角色；黄华明发麻（方言，钱），就是付钱，担任出纳角色；胡桂莲主管后勤保障。

因为深知其中的利害关系，李豆罗在西湖李家的资金管理方面非常严格，村里不管哪条渠道运作来的钱，全部由前坊镇统一代管，村里不放一分钱。所有资金的使用，由李豆罗做决定、李旺根负责核价、黄华明负责转款，黄华明签好字后，交给前坊镇镇长签字，再到镇财政领钱，一切都按规范执行。用李豆罗的话说，"我们只做规定动作，绝对不搞自选动作，不搞偷税漏税那一套"。

李豆罗说："资金的运作是个最要紧问题。这些钱，都是村里父老乡亲一点一滴凑起来的，都是做项目辛辛苦苦赚来的，父老乡亲相信我们，让我们管理，我们一分一厘都要做到公开透明，一分一厘都要用到该用的地方去，一分一厘都不能贪占。"

在西湖李家，能干活的都不会闲着，都有些职位在身。虽然全村共有两千多人，但是真正干活的只有二十余人，每一位都有自己所对应的职责，有的在厨房帮工，有的在村里各个点站岗。西湖李家的某些需要强壮劳力的具体工作，也会请外村外乡的人帮忙，请人待遇按每人每天一百元的工资外加两餐工作餐的标准。我们在西湖李家采访时，刚巧遇见天气好，李豆罗买了几吨肥料，给道路两旁的樱花树施肥，请的都是外村的人。而那二十多个管理类岗位，李豆罗还是坚持使用本村人，毕竟管理类岗位还是用自己人放心，而且不用支付高昂的工资。

现在，西湖李家两千多人的一个大村庄，仅仅几个人管事，大家或多或少都有些心有余而力不足。虽然西湖李家的基础建设差不多完成了，但是还需要组建一支强大的管理团队，负责后期的运营维护。

我们每次见李豆罗，他都在感慨：村里缺少年轻力量，希望能有更多的家乡人能够学成归来，建设家乡，也期待有更多的外地年轻人能够来西湖李家扎根。

李豆罗的四人管理团队从一开始就有一位女性，胡桂莲，李豆罗的现任夫人。从这里，我们可以深入李豆罗的感情世界，了解到李豆罗鲜为人知的另一面。

"

不找当官的，不找赚钱的，要找一个最底层的，要找一个肯跟我回家作田的。

一个'乖'的跟一个'蠢'的讲道理，两个都是'蠢'的。

翻开档案，当看到我名字下面一格'休学'二字时，我心如刀绞，眼睛湿润。我发自内心惊呼：衷心感谢母校。

"

女性

李豆罗身边有几位重要的女性，在他的成长道路上起到了重要的作用：母亲、姐姐，以及两位同名不同姓的妻子。

李豆罗的母亲胡梅英，是一位伟大的母亲。李豆罗祭母文章《天地之间父母为之伟大》中写道：

> 我的母亲为人善良，性格和蔼，三寸金莲，年轻时体弱多病，可她持家有度，教子有方。

少年李豆罗家境贫寒，四个兄弟姐妹，大姐无钱上学，妙龄出阁；二姐无力抚养，送人做了童养媳；李豆罗排行老三，家中看他爱读书、好钻研，还有那股子聪明劲，便砸锅卖铁供他念书；李豆罗的小弟因家里实在供不起，早早被迫辍学。

这个家庭祖祖辈辈在田里扒活，唯一有出头机会的就是读书的李豆罗。

◎ 李豆罗母亲胡老太太　　　　◎ 李豆罗父亲画像

李豆罗深知自己肩上的担子，他小小年纪就背负起全家的期望。好在他学习有天赋，也够勤奋努力，很小就到县城上学。

少年李豆罗在外读书，母亲在家牵挂着他。某天，母亲穿着干净但打了补丁的衣服，提着竹筒，赶到四十里外的县城给儿子送吃的。母亲的三寸金莲不宜走远路，但是她不辞辛苦劳累，行走一整天，找到儿子的学校。见到妈妈，小豆罗的眼泪夺眶而出，一头扑进妈妈的怀里。妈妈害怕儿子在学校吃不饱饭，带来满满一竹筒糠饼和盐菜，虽然这糠饼不是什么充饥的口粮，如今村里都是用来喂猪的，但在困难时期，这一竹筒糠饼盐菜，透射出的，却是伟大的母爱。

1958 年，12 岁的小豆罗小学尚未毕业，父亲因在工地受伤，无法再从事重体力劳动，使得本来就拮据的家庭更加穷困潦倒。小豆罗也就不得不辍学，回家务农，担起赡养父母并照顾家庭的重担。

李豆罗的父亲因受腰伤折磨和过度劳累，于 1968 年去世，那时李豆罗只有 22 岁，还在家里务农。至今令李豆罗抱憾终身的，便是父亲直至临终也未能吃上一顿像样的猪肉，更没能留下一张照片。每每念及于此，李豆罗便心如刀绞，泪如雨下。

父亲去世了，母亲身上的担子更重。她像一只老母鸡，护佑着家里的儿女。

李豆罗的大姐李同秀小学毕业后，很早出嫁了。姐姐出嫁时，李豆罗只有两岁。

李豆罗在乡里读小学时，一天，老师找到李豆罗："豆罗呀，有个好消息，现在县中办了个初级师范班，出来以后就可以当老师，还是不要钱的。你想不想去呀？"好消息一下振奋了全家上下：李豆罗要去读师范了，有出路了！但是，当时李豆罗身上没有一件像样的衣服，裤子衣服都是补丁打了补丁的，李同秀看在眼里，帮弟弟做了一套新衣服，外加一双新鞋子，让弟弟体体面面地去了县城的师范学校读书。这件事令李豆罗念了很多年。后来，跟黄桂莲结婚时，李豆罗因没有钱，婚房里连个像样的家具也没有，又是大姐主动给了他50元去买了一个橱子。

1967年，李豆罗迎来了婚姻。妻子黄桂莲，与李豆罗因戏结缘。当时，大队排演《方卿戏姑》，这是一个广为人知的传统戏目，讲述的是书生方卿和姑母的女儿翠娥的爱情故事，其中有姑母因嫌贫爱富而反对两人婚事的桥段，亦有机灵丫鬟机智护主，最终促成有情人终成眷属的结局。这机灵丫鬟的扮演者，不是别人，就是长相清秀的李豆罗，他从小喜欢唱戏，不光生角，旦角也能反串。他的一流演技俘获了众多姑娘的芳心，其中就包括同村美女黄桂莲。当天晚上，黄桂莲的母亲就让大女儿黄金凤来为妹妹做媒，李豆罗自是满心欢喜，自己当然愿意娶一个这么好的

© 李豆罗与发妻黄桂莲

女孩。婚后，黄桂莲把家里照顾得很好，她虽然没读过什么书，但是一直铭记"百善孝为先"的古训，操持全家老老小小，上上下下，孝敬婆婆，将李豆罗的妈妈视作亲生母亲，每逢婆婆不舒服，她关怀备至，问寒问暖。黄桂莲没有丝毫怨言，在丈夫的工作上，给予了李豆罗最大的支持，让不断升迁的李豆罗越走越远，事业越做越大，不曾因家庭琐事而让他分心、担忧。李豆罗常说："娶到黄桂莲是我一生最大的幸福，她贤惠、善良、勤劳、俭朴，能娶她是我上辈子修来的福气。"

2001 年，李豆罗的母亲和结发夫人尚健在时，李豆罗曾充满感情地写下一篇文章《天地之间父母为之伟大》，倾诉了自己对父母、对黄桂莲的情感。

> 天地之间父母为之伟大，我的父母是天下伟大之中之优秀。
>
> 他们出身底层，终生辛苦，终生清贫，而他们矢志不移，无怨无悔，把希望寄托在儿女身上。
>
> ……
>
> 我成家立业后，天赐黄桂莲贤妻相随于我。我长期在外供职，小弟又从军于闽，只有老母和贤妻留在家中。贤妻白天在田间劳动，我 4 个儿女全凭母亲照看。他们婆媳相处三十几年，从未吵过嘴、从未红过脸，既有婆媳之情，又有母女之爱。
>
> 我的母亲真是一位完美无缺的贤妻良母。苍天有眼，我母亲今年 96 岁高龄，现已五世同堂，膝下儿孙七十余人，仍然是健旺，我坚信我伟大的母亲能享百年之寿。
>
> （2001 年 11 月）

遗憾的是，2008 年，李豆罗临近退休时，因一场突如其来的疾病，黄桂莲突然去世，上天拆散了这一对相濡以沫的恩爱夫妻……

黄桂莲去世后，李豆罗悲痛欲绝，一连写了多篇悼念文章，纪念与自己情深义重的妻子。他把妻子的照片一直供在自己出生的祖屋，母亲去世后，他也把妈妈的照片供在祖屋，让这一对生前和美的好婆媳，在天堂也能够互相照应，互相体贴。

缘分真的天注定。2010年，李豆罗遇到了第二任妻子胡桂莲，巧合的是，胡桂莲和黄桂莲，名字一样，只是姓氏不同。

李豆罗的第二段婚姻也是一段传奇。

黄桂莲去世后，不少女性主动找上门，或者托关系找到李豆罗，说要跟他"相亲"。李豆罗感到这样做影响不好，年轻时自己在个人作风方面就没有被人说过闲话，不想年纪大了却被别人评头论足，这方面传出什么不好的说法。

于是，李豆罗向领导报告："书记，作为共产党员，有个事情，须向组织报告。我夫人走了这么久，现在通过各个渠道找来的人特别多，所以向组织报告一下，我准备找一个伴侣。原来我不准备再找，想等退休回到西湖李家再说，但是，现在的情况导致外面这样说那样说，这个找那个找，影响不好……"

结果，领导说："应该的。"

李豆罗回到村里，跟黄华明、李旺根这些老伙计说："这件事情已经向领导打过报告了，我准备再找一个。我的择偶标准——不找当官的，不找赚钱的，要找一个最基层的，要找一个肯跟我回家作田的。"

伙计们了解到这些情况，不久就有人带来了从小生活在南昌市内、比李豆罗小十多岁的胡桂莲。

第一次见面，李豆罗开门见山道："其他都不管，就是现在要跟我回去（西湖李家）种田，回去生活。你要跟我谈，也好谈，也难谈。你必须要过三关。"

李豆罗说的第一关，就是到西湖李家吃一餐饭，见见他少时的朋友，让他们看看胡桂莲，其实就是帮李豆罗做个鉴定。胡桂莲答应了，只身一人从南昌市前往西湖李家，和黄华明、李旺根等十多人一起在大桌子上吃饭。吃完饭，李豆罗询问伙计们的意见，大家都未反对。胡桂莲顺利通过第一关。

第二关，胡桂莲要去跟李豆罗的儿女们吃一顿饭。毕竟是父亲再婚，儿女不接受不太好。吃饭地点定在女儿家，李豆罗的儿子也去了。当天晚上，胡桂莲还在李豆罗的女儿家住了一个晚上。胡桂莲离开后，李豆罗询问儿女的看法。儿子表示这事情他不反对，父亲自己拿主意。女儿大加赞成，说："爸爸，如果你跟她没成，我都能跟她做朋友的。"胡桂莲跟李豆罗女儿年龄相差不大，两人十分聊得来。胡桂莲又通过了第二关。

最后一关是去李同秀家里吃顿饭。长姐如母，李豆罗跟姐姐的感情很深，新夫人一定要让姐姐也满意。黄桂莲过世之时，李豆罗哭得很是伤心，姐姐把他的悲伤看在眼里，希望失去伴侣的李豆罗能跟儿子或者女儿一起生活，但是李豆罗不肯，因为李豆罗明白自己脾气不好，孩子性格也很倔强，如果在一起生活，难免有矛盾，一旦有了矛盾，就很难解决。保持适当距离，反而能和睦相处。

大姐一见胡桂莲就喜欢，顺顺利利地，胡桂莲的第三关也过了。

之后，李豆罗和胡桂莲就正式生活在一起了。

对于这件婚事，李豆罗的想法是：咱们自身又没有什么条件，人家年轻，又愿意到农村来，儿女、亲人、朋友都不反对，再加上她又有文化，那我还有什么说的。我相信她来了，肯定是能助我一臂之力的，肯定会全身心投入，全力以赴来帮助我，一同建设好西湖李家。

现在，李豆罗和胡桂莲一同生活在西湖李家，胡桂莲主要帮李豆罗料理后勤工作，并主管餐厅的事务。

通常早晚饭时间，李豆罗都会单独陪夫人一起吃饭，饭后再陪夫人散步；午饭时间，李豆罗一般都要陪客人吃饭，而夫人就在厨房帮忙，也不上桌吃饭，有时也就是随便对付一口，只是希望能将宴席安排好，让客人吃好喝好心情好。

胡桂莲比李豆罗小十多岁，嫁到西湖李家，是遵从了自己的内心，她希望与李豆罗共度余生，甚至不惜从城里人变为"村姑"。

和大多数人想象的不一样，在西湖李家，胡桂莲头上"市长夫人"的光环并没有帮助她过上轻松享福的日子，反而是徒添了不少非议和烦恼。

在西湖李家，李豆罗人熟地熟情况熟，胡桂莲却是个外乡人，没有亲戚朋友，也不懂当地方言。村里人如果碰上什么事了，大多不敢冲着李豆罗发脾气，只敢冲着胡桂莲发脾气，在她面前或阴阳怪气，或指桑骂槐，甚至还有人千方百计去招惹胡桂莲，好像就是要让她生气，自己才开心。对于这些，李豆罗心如明镜，说有些村里人喜欢"拿着软东西去刺胡桂莲，让她有苦说不出"，而且，这些行为多是背着李豆罗做的"阴事"，自己不好处理，总不能夫人回来一说，自己就跑去骂别人，那成何体统！

胡桂莲有时候实在被气坏了，就对李豆罗抱怨说："你图西湖李家的建设，我图什么咯？"

李豆罗就说："你是无名英雄，我的背后就是你。"

面对受了委屈的夫人，李豆罗也只能多劝说："一个'乖'的跟一个'蠢'的讲道理，两个都是'蠢'的。"

那就视而不见，充耳不闻吧！

夫人不会说当地方言，一直在南昌市里长大，说的是普通话，没有下过乡，没

© 李豆罗与妻子胡桂莲

怎么出过门，连老福山都不知道在哪里，原来在家里也是被娇惯大的。但是，胡桂莲非常聪明，非常贤惠，结婚后逐渐挑起了家庭的大小事情。

在西湖李家，李豆罗将黄桂莲与母亲葬在了一起，每隔半个月都会去坟前，与母亲和前夫人聊聊天，汇报一下近况，让心灵可以得到些许慰藉与满足。

目睹了胡桂莲对自己、对西湖李家的尽心尽力、全心全意，李豆罗曾站在黄桂莲墓前，赋诗一首：

> 天生命注定，一生两桂莲。
>
> 大的十分好，小的九分贤。

这就是一种命中注定的感受。

2022 年 8 月 4 日，是传统的七夕节，也是胡桂莲的生日。此前一天，李豆罗便兴致勃勃地赋诗一首：

> 回乡务农满十年，难为贤妻胡桂莲。
>
> 受气挨骂埋头干，一片丹心可映天。

用此诗表达了自己对妻子深深的爱以及对建设西湖李家矢志不移的决心。

李豆罗的这一生，非常幸运，能有这四个女人对他如此不求回报。他感叹道："她们真是好得没话说。"

李豆罗是一个非常重情义的人，他不仅对自己身边人感恩，对自己的母校也是十分眷恋，对那些给予自己关爱的老师，更是一直感恩在心。本书完稿前，李豆罗专门写了下面这篇文章，请我们登在书上，以表达自己对母校的炽热感情：

> 母校，一个伟大的名字，
>
> 母校，一个给人知识的摇篮，
>
> 母校，一个让人终生难忘的地方！

进贤中学——我的母校，

这里有我的恩师，

这里有我的同学，

这里有我难忘的记忆。

在母校，我享受到了党的阳光雨露，

在母校，我得到了校长教师的教诲。

在母校，我得到了同学校友的帮助。

曾记得，1959年，我由班主任徐福春老师推荐，从家乡西湖小学保送到进贤中学初级师范班读书，学费餐费全由学校供给，我这个准备放牛的孩子第一次直接享受到了党的阳光雨露。

曾记得，1960年初级师范毕业时，我因为年纪小，个子小，只能毕业，不能分配工作，转交初二继续读书。朱啸秋校长像慈父般找我谈话，我说我家里交不起学费餐费，朱校长答应每月解决4元8角钱助学金。

曾记得，因为家中困难，下雨天没有套鞋穿，我只能将竹兜劈成两半，一只脚上穿一边竹筒，度过雨天。后来学校分来购套鞋票，我们初二（3）班分到一张套鞋票，全班同学都说要给我，我无钱去买，又是大家都忙凑钱买来。当学校放农忙假时，我准备带着套鞋回家给父母看，可是走到我们学校广场，一位初二（4）班的同学看见就说他套鞋丢了，他们班很多同学把我围起来，都说我是偷套鞋的，他的班主任杨老师把我套鞋没收，真是有理说不清，我只能含泪而归。待农忙假结束，我向班主任章炎麟老师报告，章老师找到杨老师把套鞋要了回来。

曾记得，当时学校建教学大楼，鼓励大家勤工俭学。每个学生都有挑砖的任务，要从马井港把砖挑上来，路很远，上陡坡，我一担砖挑上来，已是筋疲力尽，一不小心一只脚掉到刚发酵的石灰窑里，脚上马上烧起了大血泡，同学把我抬到学校医务室，欧阳医生用剪刀把血泡剪破，因消炎不好，烂了很长一段时间。在这期间，我得到了老师的关怀，得到了同学的关心，得到了医生的治疗关照。

曾记得，在学校每月都给学生发半斤代食品券，我没钱不能买，好心同学就出钱帮我买来代食品同吃。

在两年的初中读书期间，我家里几件不值钱东西全卖了，最后一口缸卖给了县硫黄厂，得了4块钱。到即将毕业考试的时候，没有钱交伙食费，只好准备休学，我的几位同学聂飞、刘柳根、邬炳泉、谢冬亮、李发结硬是把我拉到民和镇照相馆照了一张纪念照，至今保留完好。四十年后，我和我的同学按照座位再来照一次，可惜谢冬亮同学英年早逝，缺少了一位。

曾记得：朱慕葵老师，万官发老师，万国华老师，章炎麟老师，陶棠老师，朱啸秋校长等，他们都对我特好，给过我分外施恩。我在进贤工作期间，每年过年我都会到朱慕葵老师、陶棠老师、朱啸秋校长、民和一小徐福春老师家去拜年，向他们请安。我离开进贤后，每年我都会让我的儿女去他们家里拜年。

陶棠老师古文功底好，直到我当进贤县委书记时，他还在辅导我读《资治通鉴》。

万国华老师后来在县委办公室当副主任、县委宣传部任副部长、县委农工部当部长，我和万老师一直保持着良好的师生关系。

朱啸秋校长在我当县委书记时候任县人大常委会副主任，我请他主修《进贤县志》。

我在南昌市农委工作时，朱校长夫妻二人登门送中国历史丛书去鼓励我，后我到新建县，南昌市委、市政府供职时，他都经常看我，开导我，鼓励我。他老人家仙逝时，我是跪拜相送。

在我离开学校几十年的时间里，我一直同辜永先校长、饶清明校长、周流贯校长、宋金诚校长保持联系。时至今日，过了半个世纪，母校焦祖卿校长带着学校几位领导来西湖李家，因进贤中学建校80周年，校长请我题词，并给我带来了我在进贤中学读书时的档案资料，让我十分震惊，难以相信。

翻开档案，当看到我名字下面一格"休学"二字时，我心如刀绞，眼睛湿润。我发自内心惊呼：衷心感谢母校。衷心感谢管理档案的老师！衷心感谢焦校长！

我为母校校庆写了两幅作品，一幅是《伟大母校》，二幅是《情深似海，恩重如山》，另带以上这些话，作为送给母校80周年校庆的纪念。

祝福我的母校——进贤中学。

新村感怀

西湖李家，重换新装。村容整治，有模有样。
南北通路，拆除违章。残砖破瓦，运出村庄。
清除余土，铲光杂草。柴草稻秆，整齐堆放。
关好猪牛，垃圾袋装。人人努力，个个增强。
村景如画，美我家乡。

逗语

六百多年历史，五百多户人家，四百多栋房子，三千多亩土地，两千多人口，构成一万亩河山！

只有我们把群众放在心上，群众才会把我们放在心上；只有我们把群众当亲人，群众才会把我们当亲人。

学生长大了，并不想做官……学生读书的目的……想通过博览群书，多学点知识，多掌握点为社会服务的本领。

◎ 憧憬

李家

　　西湖李家，因地处青岚湖的西边而得名。

　　李豆罗的办公地点青岚楼，便濒临青岚湖。

　　笔者第一次见到李豆罗，他就非常自豪地把手向青岚湖一挥，说出了一串按一定规律排列的数字："我们西湖李家，六百多年历史，五百多户人家，四百多栋房子，三千多亩土地，两千多人口，构成一万亩河山！"

◎ 青岚湖畔沙滩美景

◎ 俊明泳场

　　青岚湖，地处鄱阳湖的最南端。大家如果看地图，可以发现，浩瀚的鄱阳湖主体水面像一个大气球，由都昌、湖口、鄱阳、余干、新建一带渐趋向南，越往南越细，到了进贤县境，水面便细得如扎紧气球的细带，一直伸入进贤县的腹地，渐渐消失。这最细的部分，便是青岚湖。

　　青岚湖，进贤县十二大重要湖泊中的一个，也是进贤县的

◎ 青岚湖美景

内湖，环绕整个县城。关于这个好听的名字的来由，民间有两种说法。一说由唐诗"树里岚湖一片明"而得名；另一说因湖区四周多为山林，山中雾气云蒸霞蔚，好似岚气而得名。

　　对于这一汪碧湖，出生在湖边的李豆罗从小便深深地热爱着。少年李豆罗砍柴或者放牛时，便经常坐在乌岗山上，望着一湖清澈的湖水出神；放学了，和小伙伴们下湖玩水，捕鱼摸虾，乐趣无穷。经历过浩瀚无垠、宽广包容的湖水的熏陶，他的心胸便也像这湖水般宽广无垠。

青岚湖一湖二坪。东面是进贤县，西面是南昌县。湖水清澈，鱼类众多，尤其生活着大量的银鱼。而银鱼，由于对水质的极度挑剔，成为衡量水质的标杆，可见青岚湖水质的优良程度。

青岚湖的南面通过幸福港与军山湖相连。军山湖，曾名南阳湖，又名日月湖，因湖中有日月两座小山而得名。元朝末年，朱元璋与陈友谅曾在此大战，争夺天下，双方的水军战船在此湖山之中鏖战厮杀，故又名军山湖。

军山湖风景绝美，湖水碧蓝清澈，湖中船帆点点，鱼虾遨游，蟹鳖嬉闹。一首古诗道尽了军山湖的美景：

军 山 湖

佚名

横空出世万年雄，一梦藏身浩森中。

山是脊梁龙虎卧，湖犹玉液秀灵钟。

嬉鱼清蟹江河醉，绿岛轻舟目力穷。

波涌琼楼连碧落，高登远望任西东。

军山湖、青岚湖，和陈家湖、童家湖、金溪湖等大湖一道，装点着进贤县两千平方公里的土地，进贤县由此成为一个典型的多湖县域。

进贤县历史悠久，人文兴盛。早在三国建安年间，吴王孙权便划出南昌一部分地界，建起钟陵镇（因钟陵山而得名）。晋太康元年（280），钟陵镇升格为钟陵县。唐武德八年（625），改钟陵县为进贤镇，这是"进贤"这个名字的第一次面世，此名是为了纪念春秋时期孔子的得意门生澹台灭明游历南方至此。宋崇宁二年（1103），以进贤镇为基础，又从南昌县划来4乡，从新建县划来2乡，设立进贤县。

新中国成立后，进贤县先后归宜春地区、抚州地区和南昌市管辖。1949年11月，隶属于南昌地区；1958年12月，转隶宜春地区；1968年2月，又转隶抚州地区；1969年，临川县的李渡、文港、温圳、前途、长山等5个公社划归进贤县，名闻天下的临川文港笔、李渡酒，便成了进贤县的标志性产品。昔日王勃《滕王阁序》

中的名句"光照临川之笔"，若换在今天，就要改成"光照豫章之笔"了。

1983 年 7 月 27 日，国务院文件（国函字〔1983〕146 号）批准同意将抚州地区的进贤县划归南昌市管辖，同年 9 月 30 日正式实施。由此，进贤县正式归入南昌市版图。

进贤县名人辈出，北宋父子词人晏殊、晏几道，南派山水画派祖师董源、巨然（合称董巨源），明朝经学大家舒芬等，都是中国文化史上极为重要的人物。

历史发展到今天，进贤已经是一个人口 90 万的县，和江西其他县相比，已经算是一个人口大县了。

李豆罗就出生在这块土地上。他的祖祖辈辈，已经在这里生活了上千年。

李豆罗在这块土地上得到滋养，他从小聪明伶俐，学习成绩很好。小学毕业后，被保送到进贤中学初级师范班，学期一年。和其他同学一样，李豆罗翘首企盼自己毕业后能分配去小学当老师。哪里知道，临近毕业了，成绩优秀的李豆罗等来等去，却等来了一道晴天霹雳——学校通知：李豆罗不能分配工作！

理由：个头矮小，无法在黑板上规整板书。

本想着可以当上老师，尽早工作，尽快帮助家里，却突然遭遇这么大一盆冰水浇头，一时之间他茫然无助，悲痛欲绝，顿时，所有情绪瞬间爆发，他瘦小的身体忍不住颤抖，泪腺像关不上的闸门，泪水像洪水遏制不住般倾泻汹涌。

母亲胡老太太知道这事后，又气又急，从二十公里外的西湖李家赶到县城，拉起小豆罗，便要去说理，为儿子讨回一个公道。

李豆罗看着妈妈伤心的泪水和气愤

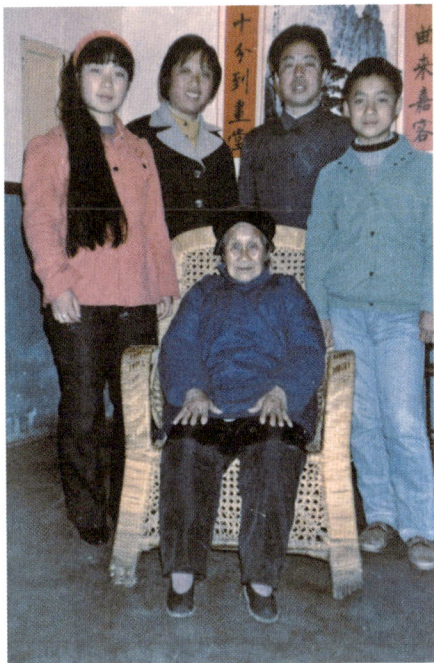

© 李豆罗四姐弟和母亲合影

◎ 李豆罗（前中）和师范同学的合照

的面庞，强忍着内心的剧痛，倔强地拉着妈妈说："娘，他们不要我就算了。我回家作田去，一样是个好劳力，一样为家里做贡献。"

就这样，李豆罗告别了美美做了一年的"教师梦"，回到大队当了农民。

李豆罗在师范读书时，副校长朱啸秋曾问正在认真看书的李豆罗："豆罗，你这般刻苦学习，长大立志做什么？我很想听听你的想法。"李豆罗回答道："学生长大了，并不想做官……学生读书的目的……想通过博览群书，多学点知识，多掌握点为社会服务的本领。"

李豆罗从小并不想当官，然而，老天似乎总是喜欢开玩笑，李豆罗还是走上政坛，当了官，当了大官。为官一任，造福一方，李豆罗在政坛的每一个岗位上发光发热，燃烧着自己，照亮了群众，为老百姓实实在在做事，认认真真谋福。

走上重要岗位后，他总结得到老百姓拥护的诀窍——"只有我们把群众放在心上，群众才会把我们放在心上；只有我们把群众当亲人，群众才会把我们当亲人"。

所以，这个个子小小的、看起来土里土气的市长，至今深深扎根在南昌人民的心中！

◎ 年轻时的李豆罗

从师范回到村里的小豆罗，没有自暴自弃，没有怨天尤人，他踏踏实实务农，端端正正做人，从小就展示出正确的价值观和优秀的管理才能，他心里清楚明白，做人要有志气，做事要讲公道，要杜绝以大欺小，损人利己的行为。他很注重团队的团结，那时就能组织小伙们协助大人们做工作，防止不守村规、破坏民风的不良现象发生。例如，对于那些平时品行不端的人进行监督，发现谁上山偷砍了树、偷挖了别家的蔬菜，便一同上前阻止。附近村庄有个年轻人不供养父亲，他便组织小伙伴们一同找到那个年轻人，跟他讲道理，最终年轻人被说服，承认了错误，答应赡养老人。

李豆罗的人生转折点在 1964 年，那时，他 18 岁。一天，大队党支部书记李英找到他，宣布了党支部的决定，因为看中了他的文化程度和算盘功力，所以决定任命他为大队部的记工员和会计。

这个看起来极不起眼的岗位，竟然是李豆罗 40 年从政生涯的发端！

大队记工员和会计，两项工作看起来很琐碎，却直接关系到村里每个劳动力的收入和每个家庭的生活，也关系到大队的财政收支，是个很关键的岗位。李豆罗本来就心细如发，他知道这是大队领导对自己的信任，所以决心一定要做好，一点也不敢怠慢。他白天出工下地，晚饭后去队里记工分；晚上别人上床睡觉了，他还要加班加点算账。两年的日子，虽然过得很辛苦，但是也很充实，年轻的李豆罗在飞速成长。

1965年，因为出色的工作能力和严谨的工作态度，李豆罗又被大队领导任命为大队团支部书记。这份工作，相较之前的工作更加复杂——组织青年学习政治理论知识、文化知识、专业技术，组织青年学雷锋做好事，组织青年突击队兴修水利、抗洪抢险、夏收夏种，搞好家庭文明建设……甚至，文艺宣传队的工作也被他搞得风生水起。他以民兵为骨干组建文艺宣传队，自编自演各种文艺节目，充分发挥团队每位成员的智慧，将文艺活动搞得热火朝天，十里八乡都有耳闻。有一次，李豆罗临时接了一个西湖公社文艺表演比赛的任务，与发小黄华明共同编写剧本，他俩花了两天时间，以中越边境自卫反击作战为题材，创作了一个讽刺小品，选好演员，认真表演，最后在演出时荣获第一名。

大队团支书，这么一个小小的、不起眼的、在中国干部编制序列中根本找不到名字的"土干部"，却为李豆罗日后从政打下了基础。各种亟待处理的事件，各种复杂多样的人物关系，各种千奇百怪的困难，使李豆罗的处事能力在西湖李家这个小小的实训场上得到了历练。

"

家族的兴旺，不忘祖上的仙根；历史的久长，不离宗族的脉络。

"

世系

西湖李家奉"陇西堂"李氏为宗，是李世民的直系后代。

陇西堂，一个古老的堂号，包含了多少历史繁华，湮没了多少人间悲欢。

李姓，中国人口数量第二大的姓氏，得姓始祖为李利贞。

《新唐书·宗室世系》这样记载李姓的来历："李氏出自嬴姓。帝颛顼高阳氏生大业，大业生女华，女华生皋陶，字庭坚，为尧大理。生益，益生恩成，历虞、夏、商，世为大理，以官命族为理氏。至纣之时，理征字德灵，为翼隶中吴伯，以直道不容于纣，得罪而死。其妻陈国契和氏与子利贞逃难于伊侯之墟，食木子得全，遂改理为李氏。利贞亦娶契和氏女，生昌祖，为陈大夫，家于苦县。"

从这段记载可见，李姓源于"理"姓。

李姓的远古祖宗皋陶，尧帝时期任掌管司法的"大理"，相当于今天的最高人民法院院长，公平正直。皋陶后代取官位为姓——"理"，九代

◎ 老子广场

孙理征因商纣王沉湎酒色，不理朝政，直言进谏，招来杀身之祸，被株九族。其妻契和氏带着幼子理利贞连夜出逃，西出散关，避难至河南西部的伊侯之墟，饥渴难耐，恰逢一株李树果实累累，饱食得以活命。理利贞年满18岁后，一是为了感谢李子救命之恩，二是为了逃避纣王追杀，三是"李"和"理"同音，遂将"理"姓改为"李"姓，世居河南苦（谷）县，就是今天的鹿邑县。从此，天下李姓将李利贞视为得姓始祖，将鹿邑县视为李姓发祥地。

河南省周口市鹿邑县，豫东平原上的一个百万人口大县，以老子故居而名闻天下。一年，当地李氏宗亲会举办盛大的祭祖活动，鹿邑县的县委书记和县长专门来函邀请李豆罗参加。李豆罗欣然前往，还在鹿邑县参观了宏伟的老子旧居，虔诚地给自己的老祖宗鞠躬行礼。但令他更震撼的是鹿邑县的县委县政府办公楼，居然还是20世纪50年代刚解放时期的那种小楼，原汁原味，原风原貌，虽看起来破旧，却令他特别亲切，也特别感慨。

李利贞的第11世孙李耳，生于苦县厉乡曲仁里。这便是天下闻名的青牛出关的

075

© 西湖李家世系图

太上老君老子，他所著《道德经》散发着无尽的光辉，在此基础上，生发出了道教、气功和武术。

李耳的孙子李昙，生四子，因在外地为官，儿子分出两支，长子李崇，任陇西守（治所今甘肃临洮县），封南郑公，为陇西房，这就是陇西堂的开端。陇西房后来分成39房，子孙遍布天下，战国时期的赵国大将李牧、汉代的飞将军李广、猛将李陵都是陇西房的后代。作为陇西望族，李氏的光辉在建立唐朝的李渊身上达到顶峰！

李豆罗的祖先，是李世民的第三子。这一支李氏宗族，有个绰号叫"磨刀李"。

"磨刀李"，典出于九江市永修县三溪桥横山村，一个大山深处的小山村"磨刀村"。

据载，李世民一共有14个儿子，三子李恪是最像父亲的，能力强，人品好，在大臣、百姓中威望很高，《旧唐书》称"恪有文武才，太宗常称其类己。名望素高"。李世民本想立李恪为太子，却遭到大舅子长孙无忌反对，只得立晋王李治为太子，是为唐朝第三位皇帝唐高宗。后来，李恪被长孙无忌罗织罪名而杀。毛泽东在评价李恪和李治时，曾批评李世民："李恪英物，李治朽物，知子莫若父，然卒听长孙无忌之言，（李世民）可谓聪明一世，懵懂一时"。

时间过了两百多年，唐朝帝位传给了第十九位皇帝唐昭宗李晔，李恪的十一世孙李衟是李晔的随侍近臣，官居征事郎加银青光禄大夫、太子太傅。

后来，唐昭宗被权臣朱温控制，天佑元年（904）正月，唐昭宗被朱温强行逼迫迁都洛阳，皇帝知道此去凶多吉少，在车驾行至陕西华县时，对李衟说："朕与诸卿，皆李氏血脉，此去洛阳，恐难保全。念大唐列祖列宗之传嗣，卿等不必随侍，可各自逃生，以保李氏血脉，而期来日……"悲泣声中，李衟向昭宗辞行，带领部分皇室宗亲，携带大唐皇族谱牒，趁乱避难逃亡，辗转来到建昌（今永修县），定居于大山深处的磨刀村。

无独有偶，当时和李衟同时逃难的，还有唐昭宗刚刚出生的幼子李昌翼，被昭宗的心腹近臣婺源人胡三带回考川，为避祸改姓胡，胡昌翼刻苦读书，考中明经科榜眼，从此一心做学问，不再求官职，后代也是人杰辈出，名头响亮，史称"明经胡"。这支明经胡姓后代出了胡伸、胡宗宪、胡雪岩、胡适、胡先骕等名人，他们也是陇西堂李唐皇帝的直系后裔。

磨刀村距离永修县城六十多公里，地处偏僻，易守难攻，东、北、西三面环山，南面紧临柘林湖，湖光山色，风光秀丽，环境幽雅，冬暖夏凉，气温宜人，是避暑过冬及休闲的绝好场所。

磨刀村的得名有两个传说，一说三国大将关羽曾驻守于此，磨刀村是他专门磨青龙偃月刀的地方；另一说东晋时期，鄱阳湖有大水蛟作怪，真君许逊铸剑磨剑于磨刀村，带领徒弟们杀死水蛟，保佑百姓。

即使是选择了这个偏僻幽静的风水宝地定居，李衟依然惴惴不安，生怕朱温的爪牙追踪而来。尤其是几年后得知唐昭宗被朱温弑杀后，李衟还曾经假借黄祖师后人的身份勉强度日。

李衟认为磨刀村是块有利于家宅兴旺的风水宝地，临死前他让家人把他安葬在一座叫老鼠尾的山上。李衟死后，磨刀李氏四处迁徙繁衍，后裔遍布江西、湖北、湖南、安徽、福建、台湾等地。民国时期江西都督李烈钧（江西武宁），民国政府代总统李宗仁（广西临桂），台湾地区领导人李登辉（福建永定），新加坡内阁资政李光耀（福建），全国人大常委会副委员长李井泉（江西临川）……，都是从磨刀村迁徙出去的李氏后人。

磨刀李姓在湖北省分布很广。明朝初年江西填湖广的时候，磨刀村的数家李姓村民从赣北鄱阳的瓦屑坝上船，来到了鄂东南麻城、黄安一带，今天湖北省及河南南部的很多李姓人士，都是"磨刀李"的后人，像李时珍、李四光、李鹏（从湖北迁到四川）、李先念、李成芳、李德生等著名人士，都是磨刀李的后裔。有一年，湖北鄂州李氏祭祖，邀请李豆罗参加，李豆罗专门去了一次湖北，还与"磨刀李"的后人们对上了族谱。

有一年，永修县磨刀村李氏宗族特意派人到南昌拜访了李豆罗，之后，李豆罗又应邀参观了磨刀村，见到了村庄的族长李图霞，还为村庄题字"中华磨刀李"。李豆罗动情地表示："家族的兴旺，不忘祖上的仙根；历史的久长，不离宗族的脉络。"至今，李豆罗与磨刀村保持联系，互通信息，交流家族大事。

前两年，湖北十堰的一个小山村举行祭祀仪式拜祭祖先。祭祀之后，村中老人开始整理祠堂，却在祠堂里发现了一本很破旧的书，起初老人并没有重视，随意翻动几页书，没想到在里面看到了"李渊"字样。老人心中一动，赶紧认真翻看起来，越看越激动，喊来了家族中有声望的老人一同查看。老人们大吃一惊，原来他们都是李氏家族的后裔，也就是唐太宗李世民的后人。经查，这支李姓也是"磨刀李"的后人。

"

穿皮鞋的还是怕穿草鞋的，穿草鞋的绝对不会怕穿皮鞋的。

抓两头，带中间。

我没有领导风度，只有农民习气。

村容整洁，不乱不脏；南北畅通，拆除违章；旧料收购，标名表彰；井然有序，满村风光。

创卫不是篮球赛，不是足球赛，更不是乒乓球赛，而是一场百万人的长跑赛。

你家的老鼠也是个副厅级？

"

村貌

经过李豆罗的张罗，建设西湖李家的经费问题暂时得到解决了，李豆罗开始着手建设。

首先从哪里做起呢？李豆罗心里早有数。当时的李家村脏水横流，房子棚子乱搭乱建，村风不和谐，村民不孝敬老人等问题非常突出，李豆罗决心先从村容村貌村风抓起。

李豆罗刚回到西湖李家的时候，村子里脏得令他无法下脚，五十多年的陈年垃圾堆积如山，遍地猪粪鸡屎，满村的泥泞道路，"天晴都要穿着高筒套鞋"。住房排列虽然还算齐整，但是鸡棚猪圈胡乱搭建，错乱不堪。

在别人眼里，这是令人头大的难题。可在李豆罗的眼里，算不得什么难题，因为通过多年的基层历练，他拥有丰富的处理群众工作的经验。

比如，对于很多农村无处不在的"四害"，李豆罗很清楚如何针对性地灭除。他说："蚊子来自水，苍蝇来自脏。老鼠来自洞，嚓婆子（方言，蟑螂）来自缝。"

◎ 西湖李家旧貌

　　他又说："处理群众问题，我的经验就是：冇事当有事，有事不怕事，小事当大事。警钟长鸣，敲打不停。"

　　李豆罗感受最深的就是三个词：以情——用情去感动人，以理——讲清楚道理，以法——解决不了就拿法律来。灵活运用这三种办法总能解决问题。有些老百姓看起来很粗鲁，没有文化，但他们就是那么三两下，你有本事打掉他那几下，他们就没有什么了。任何时候，只要李豆罗去解决问题，是一定能解决的，因为李豆罗明白：人心最重要。想要别人听你的，你得把自己摆进去。要平视，不要人五人六，打官腔，那是不行的，百姓不在乎。穿皮鞋的还是怕穿草鞋的，穿草鞋的绝对不会怕穿皮鞋的。李豆罗说："这要什么紧呢，我反正就是农民一个，大不了被凶一顿骂一顿。"

　　20世纪70年代末，进贤县三阳公社赵埠大队遇到一件难事，县农业局要在马嘴湖东边挖一条托洪渠道，要通过一个叫楼里嘴的村庄，须迁移几户人家的祖坟。这是大事，村民死活不让，甚至闹到了县里。那时候李豆罗是县委副书记，县委书记去中央党校学习了，李豆罗主持县委工作。

公社书记是李豆罗的老领导，他没有办法处理，便把电话打给李豆罗，哭丧着脸问怎么办？李豆罗被逼得没有办法，又没有退路，也没人可以请示，只有自己硬着头皮上。

李豆罗一到公社，原来的老领导、现在的部下说："你来了，李书记。"

"嗯，我来了。"

"没有办法，硬是做不动工作。"

"好好商量咯。"

"这样呀，那我们同去咯。"

"好哦。去了以后，你叫大队干部组织这些人，召开一个大会，喊上村庄所有人都参加。我在旁边听。我听完情况，再来商量。"

李豆罗到了村里，才发现这事已经闹了一个多礼拜，公社书记实在没有办法，才打电话寻求自己帮助。

❀ 36 岁时任进贤县委书记时的标准照

大会上，公社书记说："今天，县委李书记来了。你们动也得动，不动也得动。不动的话，我就抓人。"就这样，说了一些听起来很严肃的话。

有一个单身老头子，便说："我是做了准备的，县委书记来了怎么的？大不了抓我坐牢去。进了牢里，我不要吃饭呀？反正我到哪里都要吃饭，但是，你们要动我的祖坟是绝对不行的。"在场的人也附和，叽叽喳喳一片闹腾。

李豆罗在旁边仔细观看，发现吵闹的人群里只有一个人不吭声，李豆罗就问当地人："那个戴帽子的人，什么情况？"

"那个人家里有人是团级干部。弟弟在部队。"

李豆罗心里有底了，他明白要想解决问题，就得攻克两个对象，一个是那个单身老头，另一个就是这个不说话的。

快要散会了，公社书记说："李书记要说说么？"

李豆罗便说了几句："我要说的胡书记都已经说了。胡书记是我的老领导，不是他听我的，是我要听他的。大家都知道我们是本地人，我也离你们不远，前坊公社西湖李家人。"李豆罗这几句话是告诉大家公社书记是他的老领导，自己是支持他的，他说话算数的。

散了会以后，李豆罗便先到那个单身老头家里去。

老头看到李豆罗来了，说："来了，要来抓我走了是吧？"

李豆罗没有进屋，就坐在门槛上，开始做老人的工作："我说老人家呀，你请坐。我们来聊一聊。"又递给老人一根烟。

老人家见这情形，心里的火就熄了不少："欸，书记呀。不要不要不要。"

"不要紧，你长辈啦，抽根烟。"李豆罗又拿打火机给单身老人点上，老头的火就消了一半了。

"我今天不是来抓你的，我是来表扬你。"

"还表扬呢，天天都哇要抓我到牢里去，都一个礼拜了。"

"我哇的是真话，我是来表扬你，你这个人很有正义感，懂得尊老。因为祖坟埋的是你的祖上，你尊老，这是难能可贵的。我们中华民族的传统就是尊老。"

"你咯样哇（方言，你这样说）得我心里也服咯。"

"话你只听了一半。我还要哇一半，我还要批评你。"

"你哇咯。"老头的口气变了，音量降了8度。

"我要批评你，你现在只看到了'上'，没有看到'下'。只看到你祖上，没看到你的子孙。现在政府搞这个事情，搞排水沟，是为了栽禾，为了解决吃饭问题。现在没有饭吃，人就要饿肚子，你的崽要饿肚子，你的孙子也要饿肚子。不是为了这个事情，谁会想要去迁祖坟呢？我也有老有小，我也有公有婆，人家动我的祖坟，我心里也不舒服。施工队现在停工僵在这里一个多星期了，又没有其他路走，只能走这里，这也是没办法。所以我今天一是要表扬你，二是要批评你。最后还要拜托你，你毕竟是长者，有长者风范。我拜托你带头。你带了头，我就走。"

◎ 1983 年，李豆罗（前左四）和进贤县委班子成员合影

"不走不走，我煮个汤饭子（方言，面条）你恰。"

"我就拜托你，我不恰你的汤饭子。你家搬迁的时候，县里面还是会给予补偿。你一定要带这个头，因为你是长者。长者风范，长者要立德立言立行。你作为长者，应该要这样做。"

"好好好，李书记，我一定带这个头。"

就这样，李豆罗做通乡亲的工作。一个喊着宁愿去坐牢的老头最后带了这个头，事情就解决了一半。旁观的人都看得目瞪口呆，不知道李豆罗施了什么魔法，让这个老头转变这么快。

还要继续做工作。李豆罗又找到那个家里有团级干部的家庭，说："我今天特地来拜门，我听说你弟弟在部队当官，我很高兴，说明你们家里有能人，也可能是你家祖坟埋得好，出了官（李豆罗故意将了他一军）。但是我觉得这个不对呀，祖坟埋得好，当官的应该是你呀，不是你弟弟。你弟弟能当官，绝对不是因为这个坟，而是因为共产党，因为毛主席。没有毛主席没有共产党，你弟弟绝对当不到官。你还以为是你们家祖坟埋得好呀。我告诉你，你弟弟是吃皇粮的，我也是吃皇粮的，我们都是吃公饭，做公事的。你弟弟的工作是做什么呢？要派活人去打仗，要往前面冲，就会有牺牲；我现在的工作，就是帮你死人搬个家。你要叫活人去上阵，我要叫死人搬家。有道理么？你还来撼我（方言，阻挠我），那如果你要这样，我就去做你弟弟的工作，看看你弟弟会怎么样，是表扬你还是批评你。他能叫二十多岁的人去前线打仗，不要命，我现在就是要你家个死人搬个家，又没有损害你什么。你弟弟当官，你们应该感谢党中央，感谢毛主席，感谢人民政府。为了我们村庄的子孙后代，作为光荣人家，作为军人家属，你应该带头才是哦！好不好？你带了这个头。我要以县委的名义向你弟弟所在的部队写个感谢信。这样你弟弟光荣，你也光荣。"

这家户主听了，开始吸烟，脑子飞转，转了几圈，总算转通了，便诚恳地表示："李书记，不要再哇啦，我让步。"

"那就拜托你了，我一定会向你弟弟所在的部队写封信去，表示慰问，表示感谢。"

这件麻烦事情，就这样解决了，通过做两个关键人物的工作，解决了整件事情。李豆罗总结这叫"抓两头，带中间"。

不难看出，李豆罗在处理群众问题上很有自己的一套。俗话说"打蛇打七寸"，他正是掐住了"蛇"的命门，难题便迎刃而解！

李豆罗对于农村工作，有着无数独特的工作经验，因为他正是从最基层的农民干起，熟悉农民的心理、习惯和诉求。他在担任公社书记和县委书记期间，都遇到过开会时间不准点的事情。每次他都吩咐工作人员，到点后把门关上，迟到者就不要进来了。等开完会，再让迟到者进来，跟与会者说一说，会议上李书记说了什么。整顿了一两次，会风立刻端正了。

李豆罗常说的一句话：我没有领导风度，只有农民习气。这种接地气的说法和做法，一下子就能戳中调皮的部下的敏感点，让他们明白这个领导不好惹，便能端正态度，认真干好工作。

对于各种意见，李豆罗都能够认真倾听，有道理的虚心接纳，没道理的耐心说服。他说："我就像这青岚湖，什么水——清水、脏水流下来，我都能接纳，包容。

作为一名共产党员，一名党的领导干部，应该有这样的胸怀。"

李豆罗担任新建县委书记的时候，到一个村去调研，发现这个村居然没有村委办公场所，跟村支书谈工作要在书记的家里。李豆罗气得说："这像什么话？我们是共产党，怎么搞得像地下党？"之后马上研究并很快恢复了村委会的正常工作。

新建乡村过年有舞龙灯的习惯，那种长长的几公里长的板凳龙，每年都让乡村充满了欢声笑语。但是，有两个村子每年这个时候都要打架，两个村子的人都说对方越界了，找个茬子就开打。李豆罗知道情况以后，舞龙灯前一晚找到两个村支书，说："你们这样不行，每年最高兴的时候打架。过年要欢乐，但要欢乐有度，不能乐极生悲。这样，你作为书记，你要管好自己的村民，你管得好，我开会时给你戴红花，让你坐第一排，表扬你。你管不好，明天我就摘你的'帽子'。我没有领导风度，只有农民习气。过年了，我要回家陪家人过年。这里就拜托你了。"

说完，李豆罗就回家了。第二天晚上，他又偷偷跑到村里看，一看，这回好了，村与村之间和和气气，开开心心，他心头一乐，知道这里的工作处理好了。

在处理西湖李家脏乱差的问题上，李豆罗也运用了这个方法：先找到问题症结，再一一击破。他先请村干部帮忙摸排具体情况，之后再做群众的工作。经清查，当时村里乱搭乱建的家庭共有 136 户，占地面积五千多平方米。李豆罗马上找到当时的南昌市市容局（与西湖李家点对点扶贫单位）局长张鸿雁，摆了十多桌，邀请 136 户人家的代表一起到南昌市吃饭。听到李市长请客，又是进省城，肯定是吃香的喝辣的，老乡们欢天喜地来到约定地点，饭桌上喝着酒，聊着天，吹着牛，其乐融融。见时机成熟，李豆罗发话了："今天请大家来恰这顿饭是有内容的，饭没有那么好恰的，之所以市容局请大家，主要就是要把我们西湖李家的村容村貌搞好，村容整洁，不乱不脏；南北畅通，拆除违章；旧料收购，标名表彰；井然有序，满村风光……"经典的李氏"逗语"一出，乡亲们这才意识到上了"贼船"，便三三两两开始说怪话："这餐饭恰去死，不恰就好了；如果不恰，我们可以不拆；噶（方言，那么）现在恰了，我们不拆也不行罗。"牢骚归牢骚，总归是乡里乡亲的，又是这么受人尊敬的李市长对自己笑脸相迎，又是敬酒又是拉家常，再说自己毕竟是违章了，算了，回去就下决心拆了吧。

一顿饭，效果出奇之好，136 户代表回去后，有 133 家立马就拆了违章建筑，村容整洁多了。不过，还有三户人家硬是不拆，就是不配合。李豆罗知道这是三粒"铜豌豆"，要好好磨一下才行，于是找到乡长，把三人请到自己身边做工作，大道理小道理地、苦口婆心地劝了三天，总算做通了工作，三户人家全都拆了违章建筑，这下，全村面貌整齐统一了。

从 2010 年到 2013 年，花了三年时间，西湖李家全村上下三百七十多栋老房子，都改造成青砖黛瓦、马头墙隔的江南建筑，路面铺上了红石，水渠和池塘也进行了清淤疏浚，李豆罗心中理想的乡村景色"马头墙、红石路、碧绿水、满村树"，已经渐渐呈现在人们眼前。

◎ 西湖李家公产书

李豆罗在参观湖南张谷英村时，看到他们村里的一种古式砖块很有特点，就想引入西湖李家烧制出来。他说："一去到村里面，迎面而来就是古朴的味道，感受到砖块的特色。我用手指比划比划，测量出砖块的长度、厚度、高度，大概是三六九的概念。我也想能烧制出这种古朴的砖，用于修缮西湖李家的房屋。回到西湖李家，经过多次尝试却没成功，用现在的方式无法将砖烧透，不禁感慨我们古人的智慧。"

为了把西湖李家的公产公之于众，2020 年 9 月李豆罗主持编写了一本厚重的图文书《西湖李家公产》，翻开这本书，就能知道 11 年来西湖李家的建设规划进程，建了多少房子，新建、修缮了多少公共设施，一清二楚。

村容村貌有了大变样，李豆罗随即着手解决村风、家风问题，他制定了《西湖李家村规民约》以及《西湖李家村民"八不准"》，统统用的是他那独特的"豆罗逗语"：

西湖李家村规民约

陇西龙宫，名扬天下，旋马家风，道德世家，

院泽春色，西湖朱华，明礼诚信，崇尚文化，

勤劳致富，遵纪守法，家庭和睦，邻里融洽；

全村建设，重在规划，先批后建，有章有法，

修旧如旧，重新描画，红石铺路，马头墙隔，

清水流淌，绿影婆娑，村容整洁，道路通达；

珍惜土地，种好庄稼，培山培水，植树种花，

公共财物，爱护有加，八个不准，品行无价，

文明村风，人见人夸，古村神韵，发扬光大，

皇天后土，我爱我家。

西湖李家村民"八不准"

不准虐待老人，孝悌之风传家；

不准孩子辍学，求知重教为佳；

不准偷盗打架，坚持讲理讲法；

不准砍树卖树，违者补栽重罚；

不准纵放耕牛，保护林木庄稼；

不准强占水面，只能集体开发；

不准偷水窃电，费用照缴不差。

在李豆罗的持续努力下，西湖李家的村风、家风明显好转，虐待老人的户数少了，家庭不和的户数少了，吵架声少了，欢声笑语多了，互助互敬多了。李豆罗非常欣慰，他知道西湖李家正在逐渐走上正轨。

李豆罗的做法，与党的二十大报告中"推进文化自信自强，铸就社会主义文化新辉煌"的内容不谋而合：

弘扬中华传统美德，加强家庭家教家风建设，加强和改进未成年人思想道德建设，推动明大德、守公德、严私德，提高人民道德水准和文明素养……在全社会弘扬劳动精神、奋斗精神、奉献精神、创造精神、勤俭节约精神……

制定了村规村约，李豆罗还觉不够。他深知，农村教育水平低下，如何让李家子弟就近得到良好的教育，是决定西湖李家未来发展的根本性问题。西湖李家是一个拥有五百多户人家、两千两百多人口的大村庄，可竟然没有一所学校供孩子们读书，想要读书，就要长途跋涉跑到别的村庄或者乡镇、县城，就如自己小时候一样，路远难行，影响学业。一旦碰上恶劣天气，路上更加艰辛，甚至增加了危险因素。李豆罗决心在西湖李家办一所自己的学校，他多次与县教育局联系，申请在西湖李家开办一所小学。几经波折，申请得到了县教育局的批准。拿到批文，李豆罗赶紧

◎ 希望小学

◎ 大舞台

动员乡亲们集资建校，又拉来市公交公司的资助款，最后，西湖李家希望学校终于落成，学校就在陇西堂的旁边，是一所三层的教学楼，配备教师八名，招收二百五十多名学生。开学那天，全村吹拉弹唱，像过年一般热闹。是啊，村里有了学校，这在西湖李家千年历史上可是破天荒的大事，仅此一事，便标志着西湖李家发生了翻天覆地般的变化。

在学校旁边，李豆罗又建了农民文化活动中心和大舞台（戏台），可供村庄开展文化教育活动和大型纪念活动，也为西湖李家日后承办大型活动提供了场地。

李豆罗的一系列举措，让西湖李家的村容村貌发生了重大变化，由内而外，有了质的飞跃。发生的这一切仿佛是一种必然，因为他都经历过，熟悉过，为之轰轰烈烈过。

故事还需从二十多年前说起。

年龄稍长的南昌人，都经历过全市创建国家卫生城市的那个年代。那时候的南昌，不光经济上落后，作为江西省省会，在国家卫生城市的评比上，也很落后。直到 2006 年才终于获得"国家卫生城市"荣誉称号，这个荣誉的背后包含了李豆罗的大量心血。

自从国家卫生城市评选方法颁布后，南昌市从 20 世纪 90 年代初便开始全城创建工作了。年纪大一点的南昌人都深深记得，那时候的南昌，每年一到深秋季节，全市便进入紧急"战备"状态，各行各业都紧急动员起来，一条街一条街地清理，一个角落一个角落地巡视，花了很大精力，但是却屡屡失败，从 1990 年开始创卫到 2006 年成功获评为"国家卫生城市"，其中整整 16 年的酸甜苦辣，李豆罗就品尝了 11 年。可以说，李豆罗是南昌创卫工作的亲历者，更是倡导者、推动者、领导者。

1995 年 12 月，李豆罗便开始接手创卫工作，他当时的职务是南昌市委常委、常务副市长。后来，他担任了南昌市市长，便主抓该项工作，在他任期内，南昌在最后冲刺中落榜过三次，好在苍天不负有心人，事不过三，第四次冲刺，南昌市终于上榜了。

李豆罗对于当年创卫工作印象极其深刻，他在失败中不断吸取教训，总结经验，展现了锲而不舍的精神与愈挫愈奋的勇气。

当时，对于创卫失败的原因，李豆罗精辟地总结了几句"逗语"："上下不同心，左右不同力，硬件不到家，软件不到位，领导顾面子，百姓捅娄子。"从这个顺口溜，可以明显感觉到南昌市创卫屡次失败的根本原因是，大家没有拧成一股绳，更不属于同一根绳上的蚂蚱。风雨都不同舟，更别提同舟共济了。

何为上下不同心？就是领导干部和百姓意见相左，没有达成共识。省领导、市领导说要重视创卫工作，各部门严格整改，有条理地执行计划；而老百姓却不乐意，往往持相左意见，认为这些改变会损害个人利益，便不配合工作。国家所有部门的投诉电话都是公开的，老百姓一个不乐意，便直接把电话打到北京去，举报哪哪里脏乱差，就是明着要对着干。这样的电话，可真是一打一个准，北京来的检查团

◎ 1999 年，李豆罗陪同全国创卫检查团视察工作

一到南昌，便直接走到举报电话中说的地方，不是垃圾场就是脏乱差的小道，检查团看到的都是这些脏乱差，还谈何评选"国家卫生城市"？有一年上级评估南昌市创卫工作，北京检查团还没到南昌市，老百姓的举报电话就直接连线到了北京，整个城市几个月的努力顿时就泡了汤，"且了货"（方言，完蛋了）。

李豆罗对这些现象，看在眼里，急在心里。他亲自带队去检查，对前进路绳金塔一带老城区印象最深。这一带街边，路旁都是一个个小店，都是卷闸门，他走过去检查，还没近身，就一片"哗啦啦"的声音，家家落下卷闸门，跟打爆竹一样。李豆罗写了首打油诗："破铁锁破门，内外见不得人。每逢来检查，全街都关门。"

这像南昌城？像英雄城？他自己心里很不好受，但又要鼓舞部下增强信心。他总是用曾国藩在鄱阳湖大败后跳湖的例子来鼓励大家："昔日曾国藩在鄱阳湖被太平军打得惨败，跳湖自杀，被救起来后，给朝廷写奏折无从下笔，只好写'臣屡战屡败'，一个能干的师爷帮他改了下顺序，变成'臣屡败屡战'，意思一样，但是境界不同。朝廷一看，还觉得他曾国藩很英勇，很忠诚，不但没怪他还奖赏他。结果，他总结经验，越打越好，最终获得成功。所以，我们的创卫工作，这么多年来，也是'屡败屡战'，大家要有信心，国家卫生城市的皇冠一定会降临到我们头上。"

话是这么说，李豆罗心里知道症结在哪里，他在等待机会，一举攻克这个症结。

情况的改变，要从一个重要的会议说起。

1999年，江西省在萍乡市举办创建国家卫生城市工作会议，会议由当时分管创卫工作的江西省副省长主持。那年，南昌市第三次在最后冲刺中失败，但却是离成功最近的一次，获得了"创建全国卫生城市进步奖"，离成功仅一步之遥。

会场上，省里领导、各地市领导、各部委厅局领导都坐在台上，副省长坐在中间，对先进单位进行一一表彰。

当时职务是南昌市委常委、南昌市常务副市长的李豆罗没有资格坐在台上，他坐在台下思考着，观察着。

副省长宣布"南昌市上台领奖，荣获'创建全国卫生城市进步奖'"。李豆罗走上了台，却突然蹦出来几个字："我不领奖，我要讲话。"

会场瞬间安静下来，全场静悄悄的，大家都愣住了。参会者都是工作多年、什么风浪都见过，这样的场合，敢这样讲话的人，还真就没见过。

当时的李豆罗憋了一肚子气，他也是豁出去了，就想着要把心里话说出来。

全场鸦雀无声。

几分钟后，副省长也想看看李豆罗葫芦里头到底卖的什么药，便说道："那你就来讲讲吧。"

李豆罗眉头舒展开来，开始把心中的郁结及想法娓娓道来："那好，我现在开始讲话。我想先问问大家，南昌是江西省的省会，对不对？

"南昌搞得好，全省都荣光。现在你们坐在上面吹口哨，我就在下面打球，还动不动喊犯规，南昌不是你们的么？你们没有份么？坐在台上的你们难道有了个进步奖，就感到高兴了？反正，我是难过……

"我认为，所有住在南昌市的人都应该是南昌人。创卫不是篮球赛，不是足球赛，更不是乒乓球赛，而是一场百万人的长跑赛。南昌市所有市民都是运动员，江西省全省人民是拉拉队员。南昌是江西省的省会，南昌搞得好，全省都荣光。南昌

◎ 1999年，李豆罗陪同全国创建卫生城市检查团在南昌市检查

搞得好，南昌人脸上都有光。

"我现在想通过这次讲话，跟大家说清楚说明白，如果是我负责创卫工作，我就要盯紧南昌市大街小巷，看每一条路，抓每一条街。现在不是我不去做工作，是你们所有人都住在南昌，你们现在吹口哨，我打篮球，有协调会不去开，这个球我不好打。

"比如，我们的街办主任去到某个大单位，那个大单位硬是不开门，不让街办进去检查，还理直气壮地说我们单位是副厅级，你们级别低，没资格上门检查。我说，我们这是去检查环境卫生，检查有没有老鼠，难道你家的老鼠也是个副厅级？"

典型的"李氏土音"和"李氏逗语"倾泻而出，台上不少领导听得忍俊不禁，却也听得非常认真。很多人暗暗点头，对于创卫这个老生常谈的话题，似乎也多了更多的理解和认识。

李豆罗自己要求讲话，自倒苦水的事顿时传遍了全省，引起了很大的轰动。真的没有哪个党政领导在全省公开会上，敢于这样叫板，敢于这样说话。

李豆罗后来说：“我反正豁出去了，管他有没有安排我讲话。我反正是为了群众的利益，为了南昌市的荣誉，我理直气壮。我就是要触动一些人的神经。”

李豆罗果真触动了外界“神经”。省里对于创卫工作更加重视起来，之后几年，省里的领导班子直接给予创卫工作极大的关注，多次直接指示李豆罗注意各方面工作。2001 年 6 月开始担任南昌市代市长的李豆罗在创卫工作中有了更大的自主权，省里关于创卫工作的各种协调会，都会安排李豆罗做主题发言，一是他说得在理，能以理服人；二是他说得风趣，能把大家逗乐。

自那以后，创卫工作循序渐进、有条不紊地开展。2001 年以前，创卫工作的重心在治脏、治乱、治差；2001 年以后，工作重心转向优化、亮化、美化，南昌市逐渐发生了巨大改变——大规模的市容环境整治，大规模的基础设施建设，大规模的绿化、亮化、净化、美化——整个市容市貌取得了质的变化，顺利在 2006 年捧回了“国家卫生城市”的奖杯。而李豆罗，也心满意足地从南昌市市长的岗位上转任南昌市人大常委会主任。

2006 年，李豆罗在创卫评选大会上作《南昌市创建国家卫生城市情况介绍》的讲话时，如此描述南昌的变化：

“整个南昌，做到了硬件达到国家标准，软件受到内外好评，管理跨上新的层次，市民素质不断提升；整个南昌，实现了无重大疫情、无传染病流行，保持着‘非典’和禽流感零纪录，真正是‘一片蓝天，一方净土’；整个南昌，追求着无暴露垃圾，无垃圾广告，无占道摊点，无‘四害’出没，无乱吊乱挂，无乱停乱放；整个南昌，呈现着天面——空气质量，不优就良；地面——大街小巷，不乱不脏；水面——江河湖泊，碧波荡漾；人面——欢歌笑语，喜气洋洋。”

今天，李豆罗在谈到 2006 年的这次历史转折点时，依然激动地说：“当年南昌市创卫成功，所有人的功劳都少不了，而成功的秘诀就在于：上下同心，左右同力，异口同声。

"16 年风雨，16 年艰辛。咱们南昌人是屡败屡战，愈挫愈奋，矢志不移。天下就没有打不赢的仗。我们一创人心，二创现金，三创恒心，除此之外，别无他径。

"功夫不负有心人，在江西省委、省政府的领导下，在各省直部门的大力支持下，在广大市民的热情拥护下，南昌人的创卫工作，最终有了好的结果。"

或许，没有李豆罗在萍乡大会上的那次直言不讳，成功的脚步不能如此迅速；又或许，没有领导班子的矢志不移，接力赛会以失败告终……

李豆罗，凭借着那股锲而不舍的精神、愈挫愈奋的勇气、亲力亲为的风范、攻坚克难的执着、久久为功的韧劲和特质，为南昌市打开了一方神奇的天地。

2006 年，李豆罗在省市领导的支持下，带领南昌市拿到了"国家卫生城市"的荣誉；几年之后，李豆罗在西湖李家开展的整治环境工作，就是南昌市创卫盛举的缩小版，同样精彩，同样豪迈！

无论是搞大的，还是小的；搞洋的，还是土的；搞今的，还是古的，只要能建设好社会主义新农村，那就算成了。

没有文化的城市，是没有灵魂的城市；没有知识的人，是个愚蠢的人。

猪没有知识可以恰（吃）肉，牛没有知识可以耕田，人没有知识就剩下两斤肉，既不能恰也不能用。

我拆了你们的窝，现在补给你们一口锅。

一幅山水画，一首田园诗，一部文化交响曲，一张平安富贵图！

有谱之人，才受人尊敬；有谱之人，才是像样的人。

逗语

文化

邓公云，不管黑猫白猫，能抓老鼠的就是好猫。在李豆罗看来，新农村建设，无论是搞大的，还是小的；搞洋的，还是土的；搞今的，还是古的，只要能建设好社会主义新农村，那就算成了。

李豆罗的理想：西湖李家一定要建设成为有内容的农村，有质感的农村，有人气的农村。

李豆罗深知，西湖李家乡亲们的文化生活贫乏，大家除了正常的农活，闲暇时间没有多少正经事可干，于是往往把大把的时间花在赌博和无所事事上，这样容易滋生村里矛盾，也容易滋养懒汉，败坏村风。为了让村民们有事可干，端正村民们的精神面貌，也树立正确的村风，李豆罗一直没有放松文化建设。

如同当年担任市长时一样。

2000年6月，李豆罗担任南昌市委副书记，负责军事和文化等方面工作。他常说自己这段工作经历是一管枪杆子，二管笔杆子。

既然负责文化方面工作，李豆罗便把南昌市的文化脉络捋了一遍，组织编辑出版了一套6本《南昌历史文化丛书》，分别是：《岁月峥嵘成古今——南昌历史风云》《物华天宝雄吴楚——南昌经贸史话》《俊采星驰遗古韵——南昌人文巡礼》《章水文渊流圣泽——南昌教育览胜》《物换星移几度秋——南昌沧桑之变》《翘楚东南无双地——南昌风物大观》。这套丛书由李豆罗亲自任主编，请来南昌市几位老领导程安东、蒋仲平、洪大诚、刘伟平担任顾问，并请来《江西日报》资深编辑周鸣贵担任特约编审。丛书于2004年6月由百花洲文艺出版社出版

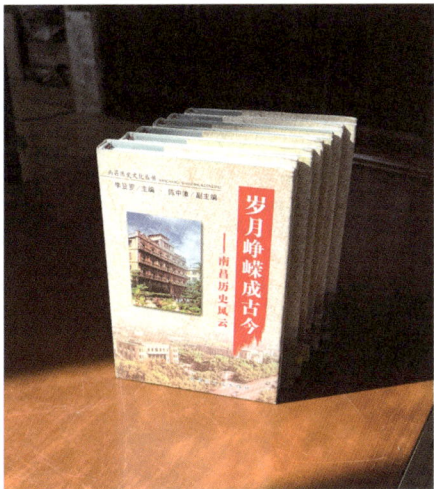

◎ 南昌历史文化丛书

发行。这套丛书从历史、人文、风物、教育、经贸、变化等几个方面，全面回顾了南昌两千多年的历史和发展，可读性、史料性极强，一上市便得到各界好评，至今仍有读者不断在网上或者找到出版社询问、购买这套书。

李豆罗上任后，还重点治理了南昌新四军军部纪念馆旧址、八大山人纪念馆、朱德军官教导团团部遗址等重点文物保护单位，使得南昌市这些稀缺的人文景观资源得到进一步的修缮和维护，以更加光彩的身姿展现在南昌五百多万百姓面前。

李豆罗整治绳金塔景区的经历，便是一段非常传奇的故事。

绳金塔，位于南昌市西湖区老城区南部进贤门外，始建于唐天祐年间（904—907），距今已有约一千二百年历史。绳金塔得名于建塔前有人在地上挖出铁函一只，内有金绳四匝，古剑三把，剑上分别刻有"驱风""镇火""降蛟"字样，另有金瓶一个，内有舍利子三百粒。

对于绳金塔，李豆罗从小就听到了很多传说，这些金绳古剑镇水镇火镇妖的故事在他幼小的心灵里留下过美好的印象。他还听说绳金塔顶上有一颗夜明珠，千百

年来一到晚上就闪闪发光，堪称稀罕宝物，可惜抗战时期被日本鬼子窃走了。另外，他还听说过这样一个故事：四川人夸峨眉山高，说峨眉山，离天三尺三，南昌人不服气，回怼道：绳金塔，离天一尺八。

说绳金塔是南昌人心目中的圣塔，毫不为过！

2000 年 6 月 4 日，李豆罗就任南昌市委副书记，在市委的支持下，他决心重新打造这个南昌上千年的地标性建筑，并建设一条传统风情的商业文化街区。他来到绳金塔片区考察，找到管理绳金塔的胡塔长，让他打开塔门，自己要上去

© 绳金塔旧貌

看看，谁知因为长年不开塔门，胡塔长竟然找不到钥匙，便说门打不开。李豆罗沉住气说道："你钥匙找不到，总找得到一把锤子斧头吧？"胡塔长赶紧找来一把斧头，把塔门门锁砸开。

李豆罗进入塔内一看，这个绳金塔，就是个脏乱差加破烂旧的地方，需要彻底整修。于是，他问陪同的南昌市博物馆馆长李国瑞："修复绳金塔，你认为需要多少钱？"李馆长想了想，回答道："可能 18 万左右吧……"李豆罗往上一层一层攀爬，边爬边跟李馆长算账，需要修整哪些东西，一顶二梁三瓦四墙五光六亮七路八响九周边环境和围墙，这些都要修整。算来算去，再问李馆长这些需要多少钱，李馆长算出来一百多万。李豆罗便对李馆长说："一开始要你算，你说 18 万块。我再跟你细算，你算出个一百多万。你也知道事情不好做，不好做也要做，钱的事我去解决，修的事你给我做好。"

李豆罗回到市里，向南昌市委书记钟家明汇报情况后，就找来宣传部门和市容部门，开动宣传机器，造势，鼓励捐款捐资，在绳金塔景区内竖立一块功德碑，凡

捐款100元以上者把名字刻上功德碑。资
金问题很快解决了。

　　资金解决了，大麻烦还没有解决，
就是景区内老建筑的拆迁。自古以来，南
昌市老城区的南部一带是平民区，各种
手工业者和小商小贩云集，人口密集，人
群复杂，拆迁需要老百姓的大力配合。可
这块区域的居民大多祖祖辈辈生活在这
里，不想离开家。通过开展大量细致的工
作，大多数居民搬走了，但是还有36户
居民很难做工作。李豆罗便劝说他们，
绳金塔和滕王阁都是南昌最古老的建筑
物，它们都是有灵气的。在南昌，滕阁金
塔，双峰并峙，水火既济，共镇江城。我
们大家一起来重修绳金塔，是在集福，积
功德，将来完工，会将大伙儿的名字刻进
功德碑，我们一起来做这件积功德造福

◎ 修整后的绳金塔

后代的事情。之后，他又让相关部门采购了36本挂历和36口高压锅，再摆上几桌饭
菜，请这36户人家吃饭。宴席上，大家看着书记陪同吃饭，并不断说着商量的话，
气也就渐渐顺了。李豆罗又鼓励大家，并给每家发了挂历和高压锅，他笑嘻嘻地说
道："我拆了你们的窝，现在补给你们一口锅。"36家人都被他的幽默逗笑了，欣
然接受了这口锅，也就接受了拆迁的事实，绳金塔的整修工作总算走上了正轨。

　　一年后，绳金塔整修完毕，围绕绳金塔打造的民俗文化商业街也相应完工，2002
年9月19日，南昌市民盼望已久的绳金塔庙会隆重开幕，一直持续到10月8日结
束，历时20天，其间举行了多场大型演出和活动。商业街规划了风味小吃、名优特
产、服装百货几个区域，包含了两三百个摊位，除了南昌人的特色小吃外，还云集了
全国各地的名小吃，如北京驴打滚、上海城隍庙汤包、西安羊肉泡馍、河南烩面、

福建牛肉丸、广东拉肠（肠粉）、桂林米粉等，饕餮了南昌百姓的味蕾；龙灯、花灯、踩高跷、说书等民间文化活动丰富多彩，看花了南昌百姓的眼球。这是多年未见的盛举，将南昌的传统文化和民俗文化淋漓尽致地展现在世人面前，让南昌百姓大开眼界，不是过年胜似过年。

李豆罗说："我搞绳金塔庙会，就是要突出南昌的特点。要让全国各地的人听南昌人讲话，买南昌的特产，看南昌的特点，稀奇古怪，千姿百态，怎么都行，就是要让大家对南昌留下深刻的印象。"

多少年来，绳金塔还未像如今这般光鲜亮丽。在历史长河中，绳金塔经历了多次重修，李豆罗主持的这次修复是第九次，将绳金塔的魅力完美地展示给了南昌市民。

◎ 绳金塔美食街入口

天下无难事，只怕有心人。李豆罗就是这么一个有心人，遇见困难不畏缩，他总有办法高效地解决。

因为，他是一名老共产党员，他将共产党人的顽强韧劲发挥得淋漓尽致，他坚守初心，始终坚持为人民服务的信念。

李豆罗深知，知识能改变命运，文化能改变一个人的命运。李豆罗认为："没有文化的城市，是没有灵魂的城市；没有知识的人，是个愚蠢的人。"他还生动形象地打了个比方：猪没有知识可以恰肉，牛没有知识还可以耕田，人没有知识就剩下两斤肉，既不能恰，也不能用。

对于如何打造西湖李家的文化特质，李豆罗的思路也非常清晰。他从小在农村土生土长，中国几千年农耕文明的精华早已融入了他的血液，对于中国农村的理想形态他再熟悉不过。

西湖李家的文化，就应该处处体现出中国农村的原汁原味，原风原貌。

土地、山水、稻田、麦浪、水牛、犁耙、炊烟、黄狗、村姑……

13年来，李豆罗按照自己的设想，在西湖李家精心打造了6种文化：农耕文化、孝悌文化、节庆文化、楹联文化、谱牒文化、红色文化。他很清楚，有了这6种文化内涵，既可以让村庄形象大变样，让村民素质大提高，也是吸引游客来西湖李家参观旅游，从而大力发展旅游经济的重要抓手。

农耕文化

为了展现农耕文化的神韵，李豆罗建设了农博馆和专门收藏艺术品的农夫草堂。这两项工程规模大、藏品多、内容丰富，建筑工程没有画图纸，更没有建筑设计师，全是靠李豆罗自己的想象及灵感来完成。

农博馆拥有四个展区，里面陈列了两千多种各行各业的农村生活用品

◎ 农博馆体验

及工具器具，有些已随着时代变迁不复存在。馆内有缝纫机、榨油机、手工制面机、磨子、牛拉车等物件，这些老物件，都是李豆罗从各地收罗回来的老古董，目的是让游客领略中国古代农耕文明的创造力和日常生活劳作的情景，感受古代劳动人民的智慧。有些工具至今依旧能使用，如榨菜籽油、制作手工面的工具，游客可以亲身体验一番榨油的木器，幸运的话，还能够看到挂面作坊的老人制作手工挂面的场景，一丝丝挂起来的面条，洁白如玉，面香扑鼻，刺激着味蕾。西湖李家还开办了酿酒厂，号称"李家茅台"的"农夫酒""村姑酒"，便是出自这家酿酒厂。

农博馆的这些古董农作工具，凝结了中国农耕时代劳动人民的智慧，是中国传统农耕文化的活化石，可以让游客尤其是研学的青少年很好地体验古人的智慧，从心底热爱具有悠久文化传统的祖国。而且，游历一番之后，还能顺便带回李家村民们亲手制作的面条或者豆腐作为伴手礼，体验到原生态的农家生活和农耕文明。

2011年，为庆祝农博馆开馆，李豆罗特别赋诗一首：

元旦复始紫阳天，农博馆开史无前。

衣食之源件件物，农耕文化五千年。

105

◎ 欢庆

孝悌文化

李豆罗深知，在普遍不富庶的农村，孝敬老人问题是一个关键，这关系到西湖李家的村风建设、家风建设。光是发展经济还不够，还要每一个家庭和谐，家风端正，这样的西湖李家才是自己心目中合格的、完善的，每一个细胞都健康的社会主义新农村的样板，才是乡村振兴的基石。所以，他非常重视建设孝悌文化。

李豆罗回到家乡后，每年九九重阳节都会举办一次"慈孝大会"，邀请全村 65 岁以上的老人一同体验火锅。当天，红石广场东边的大戏台前，制作了一个特别大的"囍"字背景板，戏台两边挂着一副对联：千经万典，孝悌为先；尊重父母，动地惊天。戏台上，一字排开摆放好几十桌火锅，老人们穿上唐装，参加盛会，李豆罗亲自给每位老人送上一个茶杯，老人们喜笑颜开，合不拢嘴。通过持续性的号召，西湖李家的孝敬老人问题得到了很大的改善，虐待老人的情况越来越少，到了今天，虐待老人现象已经为零。

◎ 参加慈孝大会村民集体合影

　　有了"孝悌"，还要关爱晚辈。李豆罗抓住的焦点问题就是助学。他每年为西湖李家筹集的资金中，有一部分用于捐助学生。截至2021年，西湖李家已经培养了158名大学生，并为每个学生发放3000元至5000元不等的助学金，这些年，一共发放了七十多万元。

　　2021年春节，按照惯例，乡亲们又要捐款自筹。那些离乡的大学生们，也尽可能贡献自己的力量，以回报家乡。大四学生李文萍就是其中的典型，她拿出了当年考上大学时装着村里奖学金的红包，重新塞入了她辛勤打工赚的5000元工资，回馈给西湖李家，并附上一封给村里的弟弟妹妹们的信，告诉他们要懂得感恩，鼓励他们好好学习，报效祖国，报效家乡。

◎ 慈孝大会现场

李豆罗回村后，西湖李家每年都会评选9类典型人物：长寿老人、优秀大学生、好父子、好婆媳、优秀村干部、优秀村民、优秀少年、管牛模范、搞卫生模范。每年的评选颁奖大会上，李豆罗都会亲手给他们颁发证书和奖金。他希望通过这种方式不断激励乡亲，在生活中做得更好，在劳作中效率更高，互相尊重，共同创建美好的西湖李家。

俗话说：前人栽树，后人乘凉。作为李氏后人，李豆罗一直致力于将李氏家风发扬光大。今天这一代的西湖李家人，从小到大受到李豆罗的思想熏陶，对家乡有着浓郁的热爱，都想尽自己的一分力量为家乡增光添彩，也许是浓墨重彩，也许只是几笔轻描淡写。但无论他们身处何地，在哪里长大，以后身在哪里，心里都有一份沉甸甸的使命，心系西湖李家。

谈到这里，要多写几句前面提到的李文萍，她的事迹还曾上过《南昌日报》，她可以算是一位深受李爷爷（她称李豆罗为李爷爷）影响的典型代表。

李文萍，是从西湖李家走出去的158位大学生中的一员，考上大学时曾获得一份5000元的西湖李家奖学金。几年过去，即将大学毕业的她，在西湖李家需要帮助时，立即掏出自己平日打工攒下的5000元捐给了村里，尽全力回报家乡。

没想到，在我们采访李豆罗的过程中，李文萍找到了我们，她只有一个目的，想要出版一本书，内容是关于西湖李家老一辈人的过往，希望自己能为他们留下一些痕迹，记录他们酸甜苦辣的人生，更是希望未曾在农村生活过的人，能够知晓他们的经历与思想。她并未经过深思熟虑，只是坐在家乡的木槿花树下，念及村里的人情风物，点点滴滴，就想做这么一件事情，她说："乡土如根系，更行更远还生。"

如今，这本《木槿花下》已经出版，引发良好的社会反响。这不正是李豆罗常说的"凡我西湖李家人，不论飞多高，不论走多远，不论赚多少，起根发苗在这里，落叶归根在这里"？

这一信念，早已在西湖李家人的心中烙下了深深印记。

2023 年 2 月 23 日上午，进贤县人民法院在西湖李家挂牌创建进贤首个"无讼村"，聘请李豆罗、黄华明为特约调解员。

节庆文化

从小在农村长大的李豆罗，深深熟悉、热爱农村的节庆文化。他知道，中华民族的发展，是伴随着一个个重要的节庆而发展的。节庆习俗，成为中华传统文化的重要组成部分，是以宗亲、血缘为主要组织形式的中国古代农耕文明的重要体现，在中国人的精神层面里占有相当高的地位。

西湖李家一年中的各种节庆活动，包括祭祖先、划龙舟、烧圣塔、闹龙灯、采茶戏、佳节乐、板凳龙、农趣会等，李豆罗都会组织举办各种相应的活动，让大家好好纪念、热闹一番。

西湖李家的板凳龙活动就是经典。这种板凳龙起源于农家的长板凳，长度取决于村庄的户数，一户一板，每板长 2 米，宽 0.2 米，厚 0.05 米。灯板两端钻有圆孔，连接时两块灯板对准圆孔，插上一根木柄闩好，人举着木柄即可出龙。每块灯板上装有四盏小灯，灯壳是用细竹篾扎成的，表面糊有透明的薄纸，贴上一些寓意吉祥的装饰图画。一旦点亮，龙灯倏然生动，幻变为熠熠生辉、流光溢彩的"时间艺术"。这种板凳龙为村民的

◎ 板凳龙

即兴之作，取材朴素，制作率意，结构施彩绘色和选题寓意，具有浓郁的乡土气息，承载着祈福纳祥的民俗意义。

西湖李家的板凳龙，最长的一条达六百多米，参与人数多，需要严格的训练才能达到灵动如生的效果。

遵照传统习俗，每年的大年初一出龙。出龙的前一天，也就是除夕这天，大家要抬着菩萨（李世民的塑像，当地人称十八公公），举着龙头、龙颈、龙尾，带着三牲和香火、蜡烛及爆竹，到村庄周围的七个社公（即土地神或谷神）庙前进行祭祀。因为当地有龙路不回头的说法，龙路上如有障碍物需要提前清理，所以，这天还会有两名壮汉各执一面大锣，沿龙灯所经路线鸣锣，以免影响龙的前行。

出龙当天，也就是大年初一下午，西湖李家全村十五个支系五百多户，按照顺序，一支接一支，一家挨一家出龙，菩萨、龙头、龙颈、龙尾从村中移至村前红石广场，在爆竹和锣鼓声中，将全村各家各户的龙板按顺序串在一起。龙板串好后，按照菩萨、锣鼓队、龙头、龙颈、龙身、龙尾的次序依次排开，然后在锣鼓和爆竹声中舞动起来，烟花凌空绽放，绣球临阵挑逗，舞龙者摆弄着钻龙、滚龙、盘龙、散龙等各种精彩的招式，气势磅礴，十分壮观。休息片刻之后，一声棒响，锣鼓齐奏，号角长鸣，龙头昂起，开始绕村而行，晃动的火龙照亮着无垠的夜空，与天上的星斗相映生辉，走村串户，十分热闹。此时的龙灯里，跃动的不是古时的烛光，而是新型的电光技术，展示出鲜明的现代风格和时代感。

西湖李家板凳龙曾向中华文化促进会申报"中华节庆文化奖"，并于2009年一举夺魁，获得了"中华节庆文化传承奖"。

对于板凳龙的这次获奖，李豆罗激动万分："板凳龙是我们西湖李家的传统灯彩，有五百多年历史，展现出自强不息的民族精神。这条龙灯是用一块一块龙板串起来的，撑龙的500人，串换的500人，观灯的上万人，场面十分壮观。尤其是那聚灯、游灯、盘灯、散灯表演，更是一绝，具有很高的民俗价值、审美价值和教育价值，这在别的地方是看不到的，在城里也是享受不到的。欢迎各位来西湖李家看龙灯！"

2022年西湖李家的板凳龙更是不一般，不仅走出了进贤县、南昌市、江西省，通过直播，更是被全国的观众所知晓。那天，李豆罗的一番讲话，更是振奋了舞龙

◎ 端午·青岚湖上赛龙舟

◎ 清明·祭祖

◎ 新年·百桌年饭

灯的村民们，感动了西湖李家上下。

西湖李家的好儿郎：

首先，我们大家欢迎感谢新闻界的朋友们，通过他们把我们西湖李家的龙灯玩到县里、市里、省里去。

希望拿出你们的精神头，把今晚的龙灯玩好，以展示西湖李家的人气、士气、志气。

人人讲文明，个个爱集体；人心哪里齐，看我西湖李。

新的一年开始了，希望大家到单位去、到社会上去，做好人、说好话，在单位上做大事，在社会上赚大钱。

祝大家事业有成！祝李家人气兴旺！

◎ 中秋·烧圣塔

西湖李家共有四大姓氏，最大的是李姓，其他还有黄姓、涂姓、万姓。李豆罗从来不因自己的姓氏，而只建设上下李村，他对另外三姓的村庄一视同仁，共同建设。有事大家合计，有利大家均分。每年的百桌年饭上，他都会挂上一副对联：大小四姓同吃百桌年饭，上下三村共玩一条龙灯。

大年初一这一天，全村李、黄、涂、万四姓的两千多名老少集中欢庆，上午集体团拜，中午在陇西堂前的大广场上吃"百桌年饭"，下午添丁者上谱谢谱，晚上舞千米板凳龙。整天，村民们沉浸在无比欢乐之中，也愉悦在对未来美好生活的追求之中，一股热爱家乡、建设家乡的暖流在每个人心中涌动，他们立志以更宏大的气魄、更丰富的内涵、更完美的境界，为西湖李家的文明进步做出贡献，使家乡展示出更加绚烂多彩的美好画卷。

◎ 乌岗独秀：青岚湖畔千帆过 乌岗山上万木春

楹联文化

走在西湖李家的大街小巷，随处可见楹联的存在。何为楹联？就是俗称的"对联"，因为被挂或者贴在楹上，所以也被称为"楹联"。

楹联，分上下两联，对仗工整，平仄相合，内容相关，词性相同，字句押韵，读起来朗朗上口，这不正与李豆罗独特的"李氏顺口溜"有异曲同工之妙吗？所以，楹联也是李豆罗的心头之好，他还在南昌市市长任上时，便欲将南昌市打造为中国首个楹联文化省会城市。有了这个想法，他找到南昌市文化局局长王乔林一起商议，两人一拍即合，邀请楹联协会的专家团队，共同讨论如何将南昌市的榕门路、绳金塔街和进贤县文港镇的笔都街营造出浓厚的楹联文化韵味。功夫不负有心人，2004年，南昌被评为"中国楹联文化城市"，进贤县文港镇被评为"中国楹联之乡"。同年，南昌还举办了中国首届楹联文化艺术节，在象湖湖心岛举行了联坛专家论坛暨全国楹联佳作展。

依循心底对楹联文化的那份爱好，凭借之前成功打造楹联文化的经验，李豆罗自然而然将楹联文化带进了西湖李家。于是，全村上下，大大小小门头牌坊，都印刻上了各具特点的楹联。

请看以下几处妙联。

湖心亭前的牌楼大前门正面：

祖朔皋陶根落西湖六百载　族兴唐代光耀神州千余年

背面：

一塘涵碧映耀西湖千秋大业　两山耸翠彰显李家万代宏图

进入乌岗山必经之路的"乌岗独秀"牌楼正面：

乌岗无墨山作画　青岚有波水代琴

背面：

青岚湖畔千帆过　乌岗山上万木春

为打造西湖李家的楹联文化，李豆罗还邀请曾任南昌市文化局局长、南昌市文联主席，南昌市楹联家协会创始人的王乔林及夫人到西湖李家共同商量，请他们为西湖李家的楹联文化出谋划策。参观完西湖李家，王乔林对西湖李家的建设、改变非常震撼，之后，他积极行动，发起全市楹联爱好者参与西湖李家的征联活动。他还将活动推广到了全国，在网上介绍西湖李家，在全国广征联友应联，又不辞辛苦，亲自奔赴北京，向中国楹联协会会长孟繁锦汇报，孟会长非常激动，马上向全国各省市楹联协会发出邀请，鼓励大家积极参与西湖李家的征联活动，让楹联文化走进乡村，深入基层。

经过孟会长的号召，西湖李家的征联活动进行得如火如荼，全国各地乃至国外的楹联专家及楹联爱好者纷纷执笔，写景抒怀，歌颂李豆罗的赤子之心，赞扬西湖李家的田园风光。短短两个月，西湖李家征联活动收到一千四百余副，之后，李豆罗将这些楹联分类整理，并与王乔林一同遴选出三百副与西湖李家特点较为贴近的楹联，邀请南昌市著名书法家书写，进行喷绘加工，装裱在农夫草堂一楼，供大家参观欣赏。

这些，都只是西湖李家楹联文化的冰山一角。为弘扬楹联文化，农夫草堂附近还建设了庙山楹联广场和楹联文化墙，百余副精品楹联被印刻在这道百米的楹联文化墙上，名曰"翰墨凝香"，配以一尊高大的孔子塑像，向每一位在西湖李家观赏的游客传递了中华优秀传统文化的精髓。

2013年10月，中国（南昌）第四届国际暨首届农村楹联文化艺术节在西湖李家举行。这次艺术节由中国楹联协会会长蒋有泉策划、组织，会场安排在农夫草堂门前，十二级台阶之上摆放桌椅，设为主席台，两棵九头樟之间悬挂着活动横幅，两旁摆设了四副巨大的楹联：

四届举旗，续联坛盛事以弘国粹；
群贤追梦，沐文化新风又聚李家。

◎ 楹联文化墙

◎ 练字（时任进贤团县委书记 ）

◎ 练字（在西湖李家）

风雨草堂，十里春岚开画境；
人文村落，满腔热情润联花。

胜地风和，盛会笑迎千里客；
李家情美，草堂喜绽一枝花。

无限热情，指点江山万里；
二行文字，彰显道德千秋。

　　活动共三天，与会者满腔热情，激情澎湃：一位退休的老市长能够褪下曾经的光芒，一心扎根基层，尽心尽力建设社会主义新农村，致力于乡村振兴！大家为李豆罗的义无反顾和全身心投入所鼓舞，纷纷提出好创意，好建议，促使西湖李家的楹联文化建设更上一层楼。

　　在李豆罗的强力打造下，全村老小都被楹联文化"洗了一遍脑"，很多村民现在也能出口成章，见到美景好事，便能顺口吟咏出几个联句。不管意境如何，不管

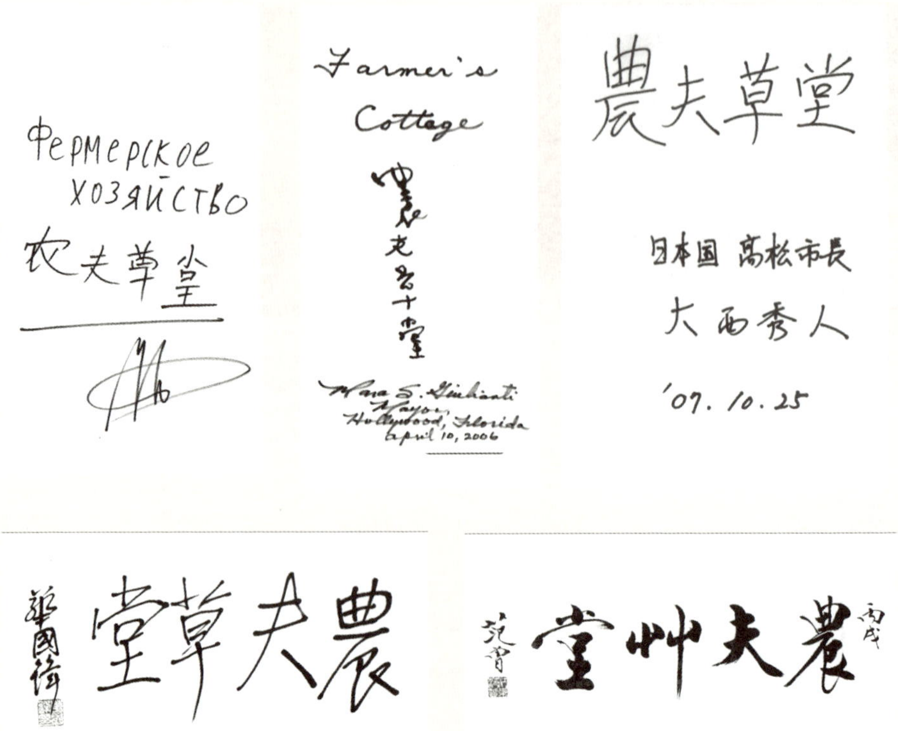

ФЕРМЕРСКОЕ
ХОЗЯЙСТВО
农夫草堂

Farmer's
Cottage

農夫草堂

日本国 高松市長
大西秀人
'07. 10. 25

堂草夫農

堂艸夫農

© 国际友人题字"农夫草堂"

音韵怎样，西湖李家村民在耳濡目染之下，已经深深得到了楹联文化的熏陶。

李豆罗重视楹联文化，跟他自己的练字经历有关。

李豆罗喜欢写字，他的字很有特点，自成一体。他自称"法书家"："别人都是书法家，我没有那么厉害，我是法书家。"

李豆罗以前字写得一般。担任南昌市农委主任之后，对书法产生了浓厚的兴趣，他便开始练字。他说："中国文字是世界上独一无二的象形文字，具有美感，写得一手好字，是个人修养和水平的体现。而且，书法是一种静气功，长期修炼，身体会有很大益处。"李豆罗在家练字还好办，但是办公室的环境并不理想，空间不大，无处安置一张独立的书桌用于写字。他想了各种办法，最后竟然用他的卧床解决了这一难题：他准备了一张写字台，将床架安置在灯下，写字时，把写字台一放就能写字，写累了推开，就能躺在床上休息。练字需要大量的纸张，他便跑到各处收集旧报纸，他说："普通的纸写字墨晕不开，宣纸又太贵，我发现报纸最好，又容易得到，又有墨晕的效果。"

刚开始练字那三年，他自律得很，每天在家坚持练字，没有模仿名家，更没有老师指导，有今天的成就，都是靠自己的自律和坚持不懈的努力。他用齐白石每天再忙也要坚持画5张画的故事来鞭策自己。他始终信奉"天道酬勤"，付出总是会有回报。一年年坚持下来，李豆罗的字在书法界已经创下了立足之地，"无门无师，无宗无派"，自成一家，并于2020年4月经中华人民共和国艺术职称国家书法职称审定委员会审定，注册为"国家一级书法师"。

李豆罗不光自己喜欢写字，还喜欢收集书法作品。农夫草堂景区的居膳堂宾馆里，收藏有全球44个国家200多位各行各业人士书写的"农夫草堂"四个大字，全部装裱挂展，蔚为一景。全球各地来到西湖李家的游客，不管是说英文的，还是说法文的、德文的、西班牙文的、俄罗斯文的、日文的、韩文的，都能够通过这些大字，立刻知道这个村庄的主题。

谱牒文化

家谱，记录着一个家族的世系源流及族人流变，是研究中国家族文化及中华精神内质的重要载体。1941年，中国共产党《关于调查研究的决定》中，就明确要"收集县志、府志、省志、家谱，加以研究"，把搜集和研究地方志、家谱作为了解中国国情和地情的重要途径。李豆罗带领的西湖李家人也一直在致力于做这件事情，他主张续谱联宗，尽可能续修家谱，寻根问源，撰写家族历史，以便后人知晓自己的祖先来历。

根据李氏家谱所载，西湖李家乃"陇西堂"后裔，流年辗转，族人有

© 陇西堂

入仕当官者，也有从事商贾者，更多的是专心务农者。但无论从事哪个行业，在何处居住，族人们都因源自一脉，共同遵循"举宗大事，莫最于祠。无祠则无宗，无宗则无祖……追远报本，莫重于祖"的祖训，所以，全国有"陇西堂"总祠及众多分祠。

西湖李家的"陇西堂"分祠，逢年过节都要举办隆重的祭祖、祭谱活动。

对于家谱的修订，李豆罗也是费尽心思。"文革"期间，西湖李家的家谱修订工作曾被打断，为让家谱能够延续下去，他召集各个支房的房长一起研究，鼓舞大家认真重修家谱。这项工作是个细致活儿，需要大家严谨仔细，李豆罗也多次召开会议，阐明修家谱的意义及家谱的作用，更是提出了参考性意见：一是要符合国家法律法规和党的方针、政策；二是要顾全大局，维护团结，有利于家族和谐，不拉帮结派闹分裂；三是要立足教化，突出家族的精神财富，用先人的家族规范、德行、功业，垂范后世，激励子孙，自觉修身、齐家，光大"文节俱高"的精神境界；四是要坚持男女平等，不搞重男轻女，做到男女同等上谱，消除封建宗法思想的负面影响；五是要与时俱进，体现时代特色，谱中内容不仅要关顾血缘传承，还要反映

◎ 爵公堂宗谱

◎ 2018 年爵公堂续谱颂词

家族及村庄的政治、经济、人文环境、建设等方面的情况，并由单一的纸质谱发展到光碟谱、网络谱，与高新科技相结合；六是要整合行政资源、学术资源和经济资源，充分发挥社会优势，做到政府重视、学界参与、财团支持，使家谱续修进展顺利，并以更多的成果向世人展示李家风采。

经过大家的不懈努力，越来越多李氏宗亲被找到，并开展联宗认亲活动，西湖李家村民前后赴多个县市，厘清世系。2006 年左右，西湖李家的族谱修订基本完成之后，李豆罗专门带去甘肃陇西核验合宗及修订补充，厘清了从唐太宗李世民到西湖李家开基祖胜囧公之间的 29 代世系脉络。

2012 年 11 月，李氏宗亲在西湖李家召开了一次历史文化研讨会，全国十多个省份的一百多位李氏宗亲参与，江西省谱牒研究会的专家学者也出席了本次会议。自此，西湖李家也成了"江西省姓氏文化研究基地"。

2022年大年初一，西湖李家首次迎来盛大又庄严的拜谱仪式。当天，天公有些不作美，下起了雨，但并未影响李家上下百来号人如约齐聚陇西堂前的大广场，共同见证整个仪式。

拜谱仪式共分为四个流程：修谱、拜谱、上谱、晒谱。修谱，意为编纂谱牒，整理编写家谱，完善更新、查漏补缺；修谱完成后，由辈分地位最高的李家人带领大家焚香跪拜祖宗，称为拜谱；接下来，就到了上谱环节，将去年间各房新生的人丁写上族谱；最后是晒谱，也可称为吊谱、挂谱，让来到现场的李家人亲眼看看李家家谱，找找自己的名字。

西湖李家的家谱长60米，宽2米，可以想象现场有多么壮观，每一个李家子孙找到自己的名字时会有多么兴奋。那是一种由内而外、无法抑制的作为李氏后人的自豪感。

仪式现场，李豆罗即兴讲话，将自己对于族谱的理解传达给了全村：人要有谱，因为谱里有血脉，有人脉，有文脉。作为人，要懂得有上有下，有大有小，有前有后，有苑有苗，这是做人的基本道理，也是大家要懂得的道理。有谱之人，才受人尊敬；有谱之人，才是像样的人。

那如果没谱呢？李豆罗认真讲道："人要有谱，没有谱，那就是在骂人。"想一想现实不也正是如此，生活中谁想做那个不靠谱的人呢？

家谱代表了血脉、人脉、文脉，不管是西湖李家还是李豆罗本人，重视程度都是非同一般。谱牒文化的永久传承是西湖李家的愿景，也是刻入李家人骨子里的髓。

谱，是根，亦是巢，落叶会归根，凤鸟需还巢。

红色文化

西湖李家的红色文化主要是通过前文提过的德胜楼加以体现，这里不再赘述。只是专门提一点，多年来，李豆罗一直在收集毛主席像章，年轻时，他每个月都会用自己工资的一部分用以收藏，多年来积攒到六千多枚，

后来，他又拜托一个朋友帮自己收集，一共收集到了一万二千多枚。2021 年 7 月 1 日即中国共产党建党一百周年之前，李豆罗请人把这一万多个像章摆好了各种造型，表现了中共党史上的重大事件，比如韶山光辉、红船圣火、南昌起义、井冈山革命根据地、瑞金红色政权、遵义会议、延安宝塔、北京天安门等，令人震撼，令人惊叹！中央电视台记者来这里采访时，感慨道："我们还在筑梦路上，你已经全部做好。真是先知先觉。"

目前，两栋德胜楼进进出出、来来往往的人群络绎不绝，除了江西本地相关单位，还有广东、湖南、福建、浙江、江苏等多个兄弟省份的单位组织机关干部职工到红博馆景区进行党史学习教育，每年有大量的来自全国各地的青少年学生来红博馆景区进行红色研学旅游活动，大家在红色文化的熏陶中，增长了见闻，坚定了理想信念！

对于红博馆景区的建设，老共产党员李豆罗尤其重视，他说："我们就是要让到西湖李家参观的游客，都能看到五星红旗迎风飘扬，都能听到《没有共产党就没有新中国》，都能想到在党中央领导下实现中国梦！"

主抓过多年民兵预备役武装工作的李豆罗对于西湖李家的拥军优属工作也是十分重视，他积极推动在校大学生和西湖李家的农家子弟踊跃参军，主动帮助他们与当地县人武部联系。李豆罗从小就对人民军队一身绿军装十分向往，从当上村民兵营长那一天起，他就自觉把自己视作共和国的国防后备力量的一分子。担任县委书记时，他兼任当地人武部第一政委、高炮团第一政委，穿上了军装；担任南昌市市长时，他兼任南昌陆军预备役高炮师副政委，被授予两杠四星的大校军衔，这令他非常自豪。

2022年8月1日，是中国人民解放军建军95周年纪念日。当天，李豆罗穿上一身迷彩服，和黄华明、李旺根、胡桂莲一行人来到红博馆景区，隆重纪念人民军队的大日子，并兴致勃勃地撰诗一首：

> 身穿军装三十年，
> 师团任职大校衔。
> 枪炮子弹上过手，
> 心系部队事争先。

现在，通过对于6种文化的打造，李豆罗欣喜地看到，西湖李家的精神面貌和外在气质发生了显著的变化，西湖李家正在向他心目中描绘的那个目标稳步前行：

> 一幅山水画，
> 一首田园诗，
> 一部文化交响曲，
> 一张平安富贵图！

2022 年 10 月，党的二十大报告提出，推进文化自信自强，铸就社会主义文化新辉煌。

习近平指出，全面建设社会主义现代化国家，必须坚持中国特色社会主义文化发展道路，增强文化自信，围绕举旗帜、聚民心、育新人、兴文化、展形象建设社会主义文化强国……弘扬革命文化，传承中华优秀传统文化，满足人民日益增长的精神文化需求，巩固全党全国各族人民团结奋斗的共同思想基础，不断提升国家文化软实力和中华文化影响力。

李豆罗的西湖李家文化建设交响曲，正是响应了国家的号召，规划好了西湖李家的发展方向。

正因为西湖李家的文化氛围打造得非常有特色，西湖李家变成了南昌市东大门的一处旅游热点，游客日益增多，前来西湖李家看望李豆罗的各界人士也越来越多，有各级党委和政府领导，有社会名流，有企业家，有国外嘉宾，也有李豆罗儿时的朋友以及慕名而来的普通人士。李豆罗的友人遍布全球各地，上门拜会者各种各样，有专程来看望的，有来寻求帮助的，有来寻找答案的，有纯粹出于好奇来满足好奇心的……各行各业的人接踵而至，李豆罗总是耐心地一一接待，哪怕是他从不认识的人，路上碰到了，说一句："李市长，久仰大名，能与您一起合个影吗？"一般都能如愿。

李豆罗特别对笔者提到了一位好朋友，就是曾任中华人民共和国驻法国大使的吴建民先生。李豆罗说："这个吴建民，曾经当过周总理的秘书，很有水平，是个学者型外交官。我到法国访问时，他接待了我，我给他讲了几个故事，他觉得很好，从此我们两个人成为知音，结下了深厚的友情。我任南昌市人大常委会主任时，吴建民来江西，下飞机就跟省里接待的领导说他第一个要见的人就是李豆罗。我退休回到西湖李家，他又专程百忙之中抽空来西湖李家看我。可惜，这么好的一个领导，2016年由于车祸不幸去世了，你们在书里一定要提一下他，以表达我对他的纪念。"

"

打天下要靠天下人去打，治天下要用天下人去治，享天下要让天下人去享。

伸张正义，主持公理，压制强权，扶持贫穷。

要看重全村利益，不要只顾自己；要具有舍己精神，不要贪图小利；要服从统一规划，不要凸显自己；要为村上争光，不要傻里傻气。

"

牵挂

心理学家说，每个人的行为动机，都有童年时候动机的驱使。

从这个理论来解释，李豆罗退休之后回到家乡，一定有着过去的深深的烙印。

也的确是这样的。

李豆罗任太平大队书记的时候，就一直想好好建设家乡，让乡亲们能过上更好的生活。1970年李豆罗转为干部编制，被调动到三里公社工作，离开了西湖李家，他心目中建设家乡的计划也暂时停滞，但内心依旧对家乡魂牵梦绕。之后，他的官越做越大，跑得也越来越远，可他对于家乡的牵挂却一丝也没有放下，而且，随着他的眼界越广，境界越大，朋友越多，他对于西湖李家未来的道路如何走，心里也越有数。

1993 年 5 月 28 日，时任南昌市人民政府副市长的李豆罗百忙之中，抽出时间给村里的干部和家乡父老写了一封信，从中可见李豆罗对于一百公里外的家乡的拳拳之心：

常青、庆解、荣根、荣花、枚芳、发岁、巴子、兴国、通达、豆子、邹根、才元、和平、金良、雄得、显谷、小牯里及诸位家乡父老：

有几件事想和大家通通气，交流看法，请大家认真议议，以便取得共识，然后逐步组织实施。

（一）关于组织领导

现在以常青为代表的几位年轻人出来执政，不是他们的本事高强、才能出众，而是时代需要，年纪大的迟早要退下去，年轻的迟早要接替，俗话说："长江后浪推前浪，一代新人趱旧人。"现在问题是老一代领导如何支持、帮助年轻的，年轻的如何请教年纪大的，请他们出谋划策，做幕后指挥。像我们演戏显青老座那样指挥，专在后台挑台词，不登台演戏。

常青要带领年轻人，加强学习，提高素质，团结战斗，克己奉公。掌权者要考虑谁搞内政，谁担外交，谁出谋划策，谁冲锋陷阵。须知：

打天下要靠天下人去打，治天下要用天下人去治，享天下要让天下人去享。

（二）关于搞好规划

遇事就要有个计划，有个主见，有个决策，搞好村上规划十分重要。以下几点必须注意：

1. 住房如何成行成排，上李村村后做房，规划不能乱，此事衍英、显芳、方顺亲手划过石灰线。下李、涂家都得规划好。定好方策后，要使群众都知道，大家都得守。

2. 村庄前面的操场如何整平，水往哪里流，村前第一排房子如何做，要规划好，地皮有矛盾要出面解决，房屋款式要经过讨论审查。

3. 从村后到村里的公路以及到下李、到乌岗山的公路如何规划，要组织测量、讨论。

4. 村上照明线路如何摆布，既要有利加工，又要有利照明，还要布局整齐，千万不要在前面操场上乱布线，以伤大雅。

128

5. 耕牛如何管理，养牛本来是耕田用的，如果发展多了，管理不善，就不好了。放牛要固定地点，要有规章，不能踩掉、吃庄稼。

（三）关于栽果树问题

栽果树，当代要吃苦，下代可致富。

我意：在排石头栽一片板栗，约100—200亩；西边岗（下李、黄家背头）再栽一岗湖柚，约100—150亩；涂家背头（白羊山顶）栽一片桃树；乌岗山栽200亩银杏。

不知是否可行，要认真讨论，通过全民公决。这件事是要花血本的，光有我们几个人的积极性是不够的，到时请小樊同志去设计一番。

（四）关于乌岗山的问题

乌岗山是座宝山，有这座山可以说是我们的骄傲。我在太平主政时，曾有："青岚湖畔千帆过，乌岗山上万木春"的设想，当时将这两句话写在乌岗山的房子前面作为对联。房子东面门框上写的是："岂容昔日荒山在，且喜明朝皇母来。"可惜的是："宝山多年不见宝，只见人偷树、牛吃草。"这山如何开发利用，请大家议一议，共商决策。还

要请放牛者支持、配合、理解，此山一定要下决心封，彻底封。估计此事难度很大，下李群众难接受，但须知，办任何事都有得有失，要看当权者有没有这个能耐，可否从涂家、上李划拨些旱地给下李，将以上说的所有果树都栽到乌岗山上去。再到山头湖下拿一岗差地种草放牛，这就叫"舍得宝来宝换宝，舍得珍珠换玛瑙"。

（五）关于几个电站和圩堤山塘管理问题

电站圩堤的兴建，让大家吃了不少苦头，大年初一冒雪挑堤，半夜三更抢险，各家各户凑钱，确实来得不易。这是多年积累的血汗钱，要想方设法使用好、保护好。使用不好，关键时刻发挥不了作用，有愧于群众。保护不好，维护不好，难得修理，集体无分文，群众又很穷，穷家难当，唯一办法是妥善保养。

（六）关于村上风气问题

一个地方端正风气十分重要。而风气好坏关键又在干部，我总想，一个地方出了一个好干部是群众的福气。

作为一个领导者，一班当权人，

能把一个地方经济搞活，风气搞正，面貌改变，才算一个好班子，一个好带头人，如果一个地方正事无人问，难事无人解，邪事无人管，那个地方等于一潭死水，久而久之必然是邪气上升，臭气熏天。望你们一定要伸张正义，主持公理，压制强权，扶持贫穷，使大家和睦相处，你追我赶发家致富，共同努力改变家乡面貌。

（七）关于人才培养问题

欲想发展经济总得有技术、有资金；欲想创业总得有能人。

前面讲到栽果树，谁懂技术？茂才叔会种秧栽禾，能懂种胡柚？春生弟会帮人剃头，但不会帮桃树剪枝。

讲到用电，将来用电项目越来越多，谁来操作？难道显谷师傅永远不会老？谁来当他的徒弟？！

千家万户养猪想赚钱，偏偏年年死猪不断，难道瘟猪肉就那么好吃？谁来替猪看病、打针、搞防疫？是叫细涂打针，还是叫细银打针？细涂会打针，不懂开药，难道细银还会接猪阉牛？

以上这些事都得有个头绪，有个办法，有个规章，有个决策。唉！真是令人牵肠挂肚。

常青啊，这副担子压在你身上真是难为你了，俗话说："千人吃饭，主事一人。"这就同驾船一样，风平浪静倒不要紧，遇到风浪可就要有点胆量和气魄。你不是驾驶过几年船吗？难道就没有遇过风浪？就是那种滋味。另外教你一个锦囊妙计，任何时候都不要贪小便宜，贪小利，否则大事不成。个人生活上有什么困难，可来找我，我不能让我们村上的掌权者、带头人到外面丢人现眼，有良心者也不会看着带头人丢人。人是有良心的，血总是热的，问题是自己要舍利舍己，要克己奉公。

所有乡亲父老，大家住在一起，生活在一块，这也是前世有缘，要齐心协力，建设家乡。为了自己过得好，为了把家乡建设好，为了下代不丢脸，大家都要支持带头人，都要维护大局，都要做个有骨气、有志气的人，不要做贪图小便宜的小人，不要做"歪歪邪邪"的小人。

要做个堂堂正正的人，堂堂正正的人，上可对得起祖宗，下可对得起后代。

总而言之，拜托诸位了。

此致

敬礼！

李豆罗

一九九三年五月廿八日

在李豆罗的笔下，这一封掏心窝子的"家书"挥洒而出，字字珠玑，情深意切，感人肺腑。都是实实在在的措施，没有半点虚言，一字一句都透露出李豆罗的睿智和眼界，思维逻辑缜密，建设方案详尽，对未来规划有条有理，对问题的把握准确

◎ 村庄建设者的合影

© 农业座谈会

到位。这封信，敲醒了西湖李家人，打开了西湖李家建设的大门。

转眼来到 2005 年，也是西湖李家建设部署的关键年。这一年，党的十六届五中全会通过《中共中央关于制定国民经济和社会发展第十一个五年规划的建议》，做出了"建设社会主义新农村"的战略部署，按照"生产发展、生活宽裕、乡风文明、村容整洁、管理民主"的总要求扎实推进社会主义新农村建设。随后，中共江西省委在南昌市召开十一届十中全会，基于推进社会主义新农村建设提出了具体要求。时任南昌市人民政府市长的李豆罗，对此积极响应，针对"三农"问题制定详尽的实施方案，时长定为 10 到 15 年，以村容、村貌、村风、村规为突破口，稳扎稳打，从根本上改变农村面貌，推进社会主义新农村建设。同时，计划每年稳抓 10% 的自然村的整治建设，而西湖李家正是当时热点之一。这里，既是李豆罗的家乡，又是他的挂靠帮扶点，所有人都想看看新农村建设的成果，李豆罗也想为江西打造一个具有代表性的社会主义新农村样板。

2006 年 5 月，李豆罗在西湖李家举行了一次关于成立西湖李家新农村建设试点工作组的特别会议，出席成员除了西湖李家主要村干部之外，还有县政府领导、前坊镇领导、太平村村委会领导等等。恰逢五一劳动节假期，大家齐聚乌岗山，一同商讨西湖李家新农村建设问题。会议由李豆罗主持。李豆罗站上台，用他那特点非常鲜明的李氏口音和"逗语"道出：

乡亲们，西湖李家是我们共同的家园，不管你走多远，不管你官多大，不管你钱多少，起根发苗在这里，落叶归根要到这里。我们要共同努力，打造好我们的家园。

我们的故乡魂：传承华夏文化，恢复古村精华，重描青山绿水，美我故乡天下。

我们的任务：铺路、修房、栽树、挖塘、改水、围墙、开河、填场、安装广播、整治村庄。

前一段，大家齐心协力，出钱出力。赚了钱的多拿钱，拿了工资的要拿钱，种田的人不拿钱，想拿钱的都拿钱。做了不少实事，取得了一定的效果。

下一步，我们要继续努力，加大村庄整治力度。整治目标是：村容整洁，不乱不脏；南北道路，拆除违章；旧料收购，标名表彰；井然有序，满村风光。具体措施是：一填、二挖、三搬、四拆。希望大家，要看重全村利益，不要只顾自己；要具有舍己精神，不要贪图小利；要服从统一规划，不要凸显自己；要为村上争光，不要傻里傻气。

拜托大家，要为家乡说好话，要为家乡做好事，要为家乡唱赞歌，要为家乡争脸面。总之，要男女老少齐努力，美我故乡好西湖。男的出钱出力，大显身手；女的出言出手，通情达理；老的立言立德，率先垂范；少的帮工帮忙，尽份心意。共同把家乡打造成具有江南特色的新农村。其特色是，马头墙，红石路，碧绿水，满村树，文化兴，民风朴。到时将是：

问我故乡好去处，
游人相邀青岚湖。
满山鹭鸟乌岗景，
江南水乡一画图。

一个开头，一段演说，引发了无数想象与憧憬。充满李氏特色的一字一句，总是那么深入人心，给人希望，仿佛西湖李家未来的蓝图早已勾勒好，只要顺着道前行，就能实现目标。参会人员激动万分，掌声连连，干劲十足，恨不得下一秒就开干。

会议结束后，为支持西湖李家建设，中共进贤县委、进贤县人民政府合力研究，颁布了《关于成立西湖李家新农村建设试点工作组的通知》，委任进贤县人大常委会原主任黄华明担任组长，时任进贤县人民政府办公室副主任熊胜国、进贤县前坊镇党委书记褚旭明、进贤县前坊镇镇长涂莉花担任副组长，李旺根、李衍庄、李桃根、李新华为成员，正式成立西湖李家社会主义新农村建设试点工作小组，领导指挥后续工作。

这一次乌岗会议，将西湖李家建设提上议程。这一锅新鲜水，刚点上了火，期待它 100 摄氏度时的沸腾与滚烫。

2006 年，李豆罗卸任南昌市市长，转任南昌市人大常委会主任，他有了更多的闲余时间，可以推动西湖李家建设。他先后启动了农夫草堂、农博馆等项目，并真诚地向上级报告进展情况。一年后，他给时任中共江西省委主要领导写了一封信：

尊敬的书记：

我卸任市长之后，工作空闲之余，同县、乡、村同志一道，与老、中、青干部一起，积极参与西湖李家的新农村建设。

西湖李家位于青岚湖畔，六百多年历史，分为上中下三村，李黄涂万四姓，共有五百多户，两千两百多人。这里既是我自幼生活的家乡，也是我曾经工作过的地方。参加西湖李家的新农村建设，我认为是响应中央的号召，符合群众的愿望，紧贴农村的实际，探索新农村建设的门道。

西湖李家新农村建设的宗旨是：传承华夏文化，恢复古村精华，重描青山绿水，美我故乡天下。主要任务是 10 件事：铺路、修房、栽树、挖塘、改水、围墙、开河、填场、安装广播、整治村庄。目的是改善生态环境，改善基础设施，改善村容村貌，提高文明程度。

资金来源：一是争取政策扶持，能争取到多少是多少；二是接受亲友捐助，出于自愿，能收到多少算多少；三是发动乡贤捐款，赚了钱的多拿钱，拿了工资的要拿钱，种田的人不拿钱，想拿钱的都拿钱。资金管理措施：村民公推村里在县城工作的三位同志负责资金管理使用。坚持乡、村干部只管做事，钱不过手；只能做事，不能当包工头。社会捐赠，既希望慷慨解囊，更希望出物出力。比如：植树，欢迎挖树洞、送树苗；挖塘，欢迎上机械，出劳力；铺路，欢迎送水泥，运材料。总之，要严格财务制度，要维护群众利益，要保证工程进度。

初步体会：搞社会主义新农村建设，要做到领导出谋划策，干部做出榜样，群众积极参与；工作分步实施，工程量力而行。要做到搞好整体规划，建好基础设施，订好规章制度。要注意不推山，多栽树；深挖塘，当水库；修旧房，铺道路；引活水，改厕所；整村容，订制度。

总的目标：将西湖李家打造成为具有江南水乡特色的新农村。特色是马头墙，红石路，碧绿水，满村树，文化兴，民风朴。到时将是：问我故乡好去处，游人相邀青岚湖。满山鹭鸟乌岗景，江南水乡一画图。

特此报告。

李豆罗

二〇〇七年五月十七日

从这一封信中，我们能看到李豆罗作为一名老共产党员的拳拳初心，他勇于担当，牢记使命，虽身还未回到家乡，但是建设家乡、造福家乡的奉献之心从未有过任何改变！

第四部分
产业

　　扩大产业,建设自身的造血功能,产业是第一位的。西湖李家的产业发展,我是按照农业、工业、旅游的顺序发展的。而且有一个重要的前提,不能丝毫破坏西湖李家的生态环境。

逗语

"

顺其自然，不推不砍，水流车转，表土不乱。

田成方，路成行，沟砌石，树两旁。

先村庄，后田庄；先村容，后文化，再产业。

"

农业

从回到西湖李家的第一天起，李豆罗便按照"先村庄，后田庄；先村容，后文化，再产业"的顺序建设，一步一个脚印，稳扎稳打。

产业发展，农业起步。因为，这是西湖李家人最熟悉的行当。当然，李豆罗明白，对于西湖李家的农业建设，需要高瞻远瞩，持续发力。

西湖李家坐落在青岚湖边，这样的地理位置，既有优点也有缺点。优点是风景优美，景色宜人；缺点也很致命，每逢春夏之际，总少不了一场洪水，而秋冬之后，又极易干旱，一涝一旱，是农业生产的大敌。李豆罗经常用"上半年淹屋顶，下半年见湖底"来形容西湖李家的水情。每当洪水暴发，澄澈的湖面不再平静，水势暴涨，浮沉的泥沙浑浊了湖水，淹没了岸边小树，带着残枝滚滚前行，犹如一群咆哮的野兽，冷酷无情地践踏着稻田。

2015年夏天，洪水再次汹涌而至，再次席卷西湖李家的田地。李豆罗作诗一首《扬中堤抢险》：

◎ 插秧

端午雨绵绵，汪洋水一片。

禾苗早被浸，莲荷也遭淹。

灾情不忍睹，期盼能回天。

村民齐上阵，挖机勇当先。

耗资五六万，费材七八千。

通宵又达旦，奋战在堤间。

只因天无情，遗憾留挂牵。

冬修再大战，重铸光辉篇。

　　每年洪水期，西湖李家全村上下团结一心，"人不在大小，马不在高低"，一同投入抗洪大战。李豆罗走出李家前的二十多年，几乎年年参加抗洪，锻炼出了出众的耐力与水性，也积累了抗洪的经验，所以后来担任南昌市领导，在率领南昌军民几次抗击大洪水的战斗中，他都能够运筹帷幄，指挥若定，并最终一次次取得抗洪战役的胜利。

　　因为地理位置和洪水的原因，在李豆罗看来，西湖李家的种植业更需要好好规划，尽量完善。他在回乡后的多次生产调度会上提出"顺其自然，不推不砍，水流车转，表土不乱"的整治方针和"田成方，路成行，沟砌石，树两旁"的目标要求，

◎ 耕田图

在西湖李家三千亩田畴上展开了一场整治之战。经过一段时间整治达标后，再交还给各家村民进行栽种。实在无能力耕种的人家，便把田亩交由村民理事会统一管理。这种管理方式，既使田地资源充分得到利用、保护，也大大提升了规模化的农业种植水平。

因为田畴整治成功，每年初夏过后，就能看到禾苗随风摆动，到处都是绿色生机，令人心旷神怡。秋天丰收时分，稻田从绿油油转为黄澄澄，金灿灿的谷穗迎风摇摆，映衬着村民脸上丰收的喜气。

喜获丰收后，李豆罗曾开心地赋诗一首：

犁　田

手扶犁把掌乾坤，春播秋收天运行。

自古勤耕为大业，人要吃饭不是神。

李豆罗对于脚下这块土地的特性太熟悉了："西湖李家主要有两种田地，旱地和水田。有的种油菜，有的种红花草。今年种下去就能当作土壤肥料，次年就能栽早稻。"

针对旱地，需要选择适合的物种，如花生、豆子、芝麻、油菜之类的旱作物，这样才不会因为土壤问题导致庄稼坏死。另外，火候也得掌握，栽早稻的时间要到清明、五一左右。"不栽立夏禾，不栽立秋禾。"所以，早稻必须在立夏前栽完，晚稻必须在立秋前栽完。收了晚稻之后，冬天重新来过，继续种植流程，种油菜、种红花。旱地先是栽油菜，后是种大豆，然后再种芝麻……

李豆罗是地道农民出身，对于种庄稼、作田亩的方法很是熟悉。网上流传着一张李豆罗披着蓑衣，戴着竹笠，赶着水牛在水田里耕作的图片，代表着他对于农活的驾轻就熟。李豆罗从小就生活在这块土地上，对于土地的习性，他再熟悉不过了。

土地，是中国几千年农耕社会的第一要素，因为关系到吃饭问题。一块田地，如何顺应节气，如何精耕细作，如何高产丰收，李豆罗都烂熟于心。

由于他对于农时节气过于熟悉，年轻时还挨过一顿批评，甚至做了检讨。

1968 年，李豆罗所在的李家大队与太平大队合并，成立新的太平大队。1969 年，23 岁的李豆罗接任太平大队书记。新官上任的李豆罗的第一项工作就是搞好春耕生产，这可是事关全大队社员温饱和队里上交公粮任务的大问题，他不敢有丝毫懈怠。

当时，科技水平不高，作田大多凭老一辈口口相传的经验。根据省里提供的种田指南"矮、小、密、早"，早稻种子必须在清明节前播种完全，赶时间，赶进度，以保不插"五一禾"。那时候，江西最流行的栽禾口号是"不栽五一禾，不栽八一禾"——早稻必须在五一前完成，晚稻必须在八一前搞定。

前坊公社各个大队都风风火火行动起来，但李豆罗却相反，没有安排队员赶紧种秧。因为他结合自己多年的农耕经验，以及对气候的掌握，判断当年清明节左右还会有寒冷的雨雪天气，如果要求社员们赶在清明前完成播种，不仅白费功夫，还将损失惨重。因此，他让社员们先干别的事，硬生生把播种期向后推延了一个星期。消息传到公社，公社领导震怒，把李豆罗叫到公社，狠批了他一通，说他耽误农业生产，并要求他作深刻检讨。

李豆罗辩解无果，郁闷无比，但也没辙，官大一级压死人，胳膊扭不过大腿，他只好作了检查，可内心又不服气，便写了一首打油诗自遣：

> 年轻思想老，工作没做好。
> 别人种了秧，我在作检讨。

没有几天，事情突然发生大反转。李豆罗的判断完全准确，虽然已经过了清明节，但那年的进贤县却突然连降雨雪，天寒地冻，按照公社要求早早完成播种的那些大队的秧苗都被冻烂了，而推迟一周播种的太平大队的秧苗却成功地避开了雨雪寒冬，沐浴着雨雪之后的阳光，苗壮生长。太平大队顺利地完成春耕任务，最终，李豆罗还在大队召开的现场会上，与大家分享保苗护秧促春插的经验。

对于李豆罗来说，为民谋福祉是立党之本、执政之基。他一直都以共产党员的标准严格要求自己，为群众办实事，帮助群众解决最迫切的问题。

俗话说"若要富，先修路"。对待修建乡村道路问题，李豆罗非常重视，他任进贤县委书记时，在多次县委常委会和乡镇干部会议上，都以修路为议题，积极出谋划策，建设乡间公路，设立多个车站、码头、渡口，并在站点建设凉亭，方便村民候车。路修得好，才利于耕种，利于肥料购买，利于粮食外运。

1982年春天，恰逢播种插秧之际，天公不作美，雨一直下，令李豆罗焦急万分，担心农民收成问题，提笔写下一首五绝《骂天》：

> 久雨苦熬煎，彻夜不成眠。
> 不念生灵苦，何配作青天。

◎ 乡村田间

　　后来，天总算放晴，农民抓紧时间播种，李豆罗也在田地间忙碌，就连清明祭祖之际也未回家。看到田地里的秧苗苗壮成长，生机勃勃，心情大好，又提笔来了一首《清明》：

清明雨涟涟，望中尽绿田。

育苗胜祭祖，丹心照碧天。

　　正因为李豆罗事事与百姓心贴心，同喜忧，把老百姓的事情都当作自己的事情办，西湖李家的农业产业化道路越走越好，越走越顺，不光保证了本村百姓的口粮，也为集体赚取了不菲的收入。

逗语

"

企业在县，加工在村。

白天抓进度，晚上忙调度，半夜找思路。

"

工业

　　搞建设，资金少不了；要有钱，产业需发展。

　　李豆罗明白，西湖李家要发展，一定要依托工业，所以，兴办村里企业是必须走的道路。

　　对于产业发展，李豆罗主张从三个方面入手：招商引资，增加游客，会议。其中的招商引资，就是为工业产业服务的。

　　对于招商引资，李豆罗也是很有自己独到的想法和原则。

　　早在十多年前，进贤县的军山湖螃蟹突然跑火（方言，极受欢迎），一到秋天，市场上到处都是买军山湖螃蟹的顾客，酒楼饭馆中也是"无蟹不欢"。通往西湖李家的昌万公路上的军山湖边有个三阳村，一夜之间冒出了上百家专吃螃蟹的饭店，把当地的餐饮旅游产业带动得风生水起。

　　说起来，军山湖螃蟹这个大产业，是李豆罗"无中生有"做的一件大事。

　　之前说过，进贤这方宝地，湖多水丰，是河蚌育珠、养殖螃蟹的上佳

◎ 2005 年南昌"军山湖杯"螃蟹节现场

场所。20 世纪 70 年代，已任进贤县委领导的李豆罗为开发水产品产业，便多方面与农业渔政部门商量，并想方设法培养更多人才，下放到进贤县各个乡镇进行试点。

1982 年，进贤县开发了近千亩珍珠养殖水面，当年收获珍珠 759 斤，次年高达 910 斤，名列全省上游。

光养珍珠还不够，李豆罗心里盘算着要怎样把水面利用得更彻底。他想到了阳澄湖的螃蟹那么有名，便转开了脑筋："咱们军山湖水质如此优良，都可以养育银鱼，并不比阳澄湖差，为什么咱们不能自己培育螃蟹？还得那么大老远那么贵去买阳澄湖的螃蟹呢？"

有了这么个念想，李豆罗便开始行动。1979 年，在进贤县委任副书记、主持县委工作时，他组织村民去上海崇明岛引进了一批螃蟹苗。螃蟹苗十分细小，就像毛发里长的虱子一般，装在水篓子里还要不停晃动，才能确保螃蟹苗不因缺氧而死。采购小组带着蟹苗从上海乘坐火车回到南昌，可惜，负责摇晃震动篓子的人晚上睡着了，导致这批蟹苗全死了。第二年春天，李豆罗继续实施引进计划，在崇明岛采购蟹苗后直接坐飞机回到南昌，这下成功了。从此，螃蟹正式在进贤安家落户。

为了顺利繁殖螃蟹，李豆罗又建设了一个"磨盘洲公园"，弄了四块水面，用海水化盐形成淡水，邀请专业技术人员帮助螃蟹繁殖并获得成功。从此，螃蟹养殖成为进贤县的重要经济支柱产业，"军山湖螃蟹"渐渐端上了南昌市老百姓的饭桌，名声越传越远，成为国内一大名牌。直到今天，进贤县每年都会举办一次品蟹节。

完全是无中生有，李豆罗的智慧和眼光帮助进贤县打造了一个全新的产业。

而现在，为西湖李家招商引资，李豆罗也得把把关，绝不是毫无底线的。一切的初衷都是为了环境更好，所以前提是绝不能损害西湖李家的生态。李豆罗制定的主线是：企业在县，加工在村。欢迎外来企业、单位与西湖李家合作，但是，要搞开发只能去县城，不能在西湖李家的地盘搞。对于这一点，李豆罗非常坚决，绝不让步，他就怕一让步，钱是来了，但是被破坏的生态环境又要几年、几十年、几百年才能够恢复。第二，对生态环境影响甚微的农产品加工业可以在村里发展，例如酿酒、手工制面、榨菜籽油等传统食品加工，都可以在村里制作。

李豆罗特别重视工业企业的招商引资工作。

从 2011 年回乡，李豆罗用了 5 年时间，用了各种办法改变村容村貌，丰富自主造血功能。可是，没有工业企业做后盾，李豆罗总是感觉后劲不足。他多次与村、镇、县各级领导商量、探讨这个问题，终于从 2016 年开始，通过招商引资，将工业企业引入西湖李家。

2016 年，进贤县将招商引资在进贤落户的企业江西进贤鼎盛混凝土有限公司划给西湖李家。

有了第一家企业，李豆罗喜上眉梢，可是，他并不满足，因为，这家企业并不是自己村里招商引资来的，只是县里作为支持西湖李家建设送的大礼。李豆罗找到前坊镇党委书记周欢庆商量，以西湖李家的名义向社会公开招商引资，不久，江西榫卯建筑装饰工程有限公司慕名而来，很快达成协议，在进贤县工业园区落地生根。

◎ 酿酒

　　之后，江西先农种业有限公司和江西省斯帕科光电科技有限公司相继与西湖李家签约，在进贤县工业园区落户。

　　四家企业，执行同样的政策，"企业在县"，厂区全部放在进贤县工业园区，税收 48% 归县里，20% 归工业园区，32% 归西湖李家。四家企业，一共招募了两三百名工人，更重要的是，他们为西湖李家输血成功，大大缓解了村里的财政压力，仅以 2020 年为例，在这个遭遇了新冠肺炎疫情重创的年度，四家企业依然为西湖李家贡献了 150 万元的税收。

　　"加工在村"。一些没有污染或者污染很小的小手工业，李豆罗则放在村里的小作坊，一来可以生产出纯正乡土味道的小农经济产品；二来也是很有特色的原生态景点，可以吸引众多的游客参观，购买。比如酿酒作坊、挂面作坊、榨油作坊以及村户人家可以制作的辣椒酱、牛肉酱、酸豆角等，产量不算大，主要供游客选购。在陇西堂旁边的特产超市里，各种村里自主生产的农副产品吸引着游客的目光。酿酒作坊酿制的"李家茅台"，运用贵州茅台镇引进的工艺，生产出的酱香型白酒价廉物美，深受欢迎，尤其是这款白酒被李豆罗巧妙地命名为"农夫酒""村姑酒"，成双成对，赋予了很强的乡村文化气息和礼品色彩；酿酒坊制作的另外一种糯米酒，就是中国农村典型的甜酒，色泽金黄，香甜可口，酒味绵厚，据超市老板介绍，晚上睡觉前喝一小杯，睡眠质量就会相当高。挂面作坊制作的西湖李家挂面洁白如丝，口感嫩滑筋道，很受欢迎。不过，由于作坊产能不大，产量不足，一般也就是放在餐厅和特产超市供游人选购。榨油作坊也是这样，由于古法榨油产能低，

◎ 李家茅台

◎ 辣椒酱、腌制品等

产量小，榨出来的菜油、茶油没有发往外地销售，就是放在特产超市供游人选购，最大功能就是帮助游客了解中国几千年小农经济时代的榨油过程，堪称中国古法榨油的活化石。西湖李家的其他农产品如辣椒酱、牛肉酱、酸豆角等，都是西湖李家普通村民家中就可以制作的乡村风味特色产品，在西湖李家的特产超市里大受欢迎。

为了推广这些"加工在村"的特色产品，李豆罗也依托网络，玩上了抖音，赶了回潮流，成了一名抖音红人。

打开抖音，搜索"西湖李家李豆罗"，就能找到李豆罗的官方抖音账号。截至2021年7月10日，李豆罗已经有30多万粉丝。视频内容繁多，多数都是为家乡西湖李家代言，为南昌、为江西说好话，介绍美食，讲解传统文化，一个又一个的小故事娓娓道来，全心全意为大家介绍江西、介绍南昌、介绍西湖李家。有时候还为

江西的特产和农民手工制作产品代言，手工腐竹、手工辣椒酱、酒糟鱼、粉蒸肉等等，让我们这些土生土长的江西人，都增长了见识。

有人可能要质疑，抖音红人，抖音带货，肯定能赚很多钱，他李豆罗不是在打着西湖李家的幌子，给自己赚钱？了解之后，才发现真不是，因为对于李豆罗来说，他在抖音的全部工作，个人是不计一分钱报酬的，所有收入都是直接放入西湖李家的公账，钱都不过李豆罗的手，直接交给西湖李家的"发麻"主任黄华明。

为了西湖李家的产业发展，李豆罗经常晚上十一二点还在青岚湖边转悠，凝神思索，希望找到出路。用他自己的话说，就是"白天抓进度，晚上忙调度，半夜找思路"。

如何拉动旅游业，也是李豆罗重点考虑的问题。西湖李家山水环绕，山清水秀，植被茂密，鸟语花香，农耕文化、传统文化、红色文化俱全，是一个非常好的旅游、研学基地。李豆罗想了很多办法吸引游客，比如赏鸟、看花、采摘、购物、餐饮等项目一个个建起，取得了不小的成果。江西省教育厅还授予西湖李家"中小学研学基地"的称号，一辆辆大巴车，

获赞	粉丝	关注
252.9w	31.8w	373

中国美丽乡村 西湖李家
抖音号：LiDouLuo

为家乡西湖李家代言
为南昌、江西说好话，唱赞歌，争脸面
徽：Lidouluo1（粉丝朋友）
找我官方合作
♂ 75岁

◎ 网络红人，粉丝30多万

@中国美丽乡村 西湖李家
抖音号：LiDouLuo
为家乡西湖李家代言

◎ 李豆罗抖音账号的二维码

◎ 李豆罗在西湖李家陪同研学学子

拉着中小学生来到西湖李家，孩子们嬉笑着，在西湖李家的湖山胜景中，感受着农耕文化的历史，接受了红色文化的洗礼，体验了农耕文明的乐趣，享受了瓜果采摘的畅快，将书本知识和社会实践知识相结合，真真切切感受到了"读万卷书，行万里路"的乐趣。

"

农村，就要有农村的样子，不能破坏了农村的生态和原貌。我宁愿发展得慢一点，慢中求发展，也不要搞得过于商业化。

一年四季有花，一年四季果瓜。

望得着青山，看得见绿水，记得住乡愁。

小树栽成苗圃，大树栽成森林。见缝插绿，密密麻麻。

青岚湖畔千帆过，乌岗山上万木春。

"

生态

　　华夏文化博大精深，古村精华质朴纯真，青山绿水淡如墨，故乡天下美如画。

　　西湖李家地势优良，依山傍水，拥有得天独厚的建设美丽乡村的自然条件。不过，资源虽有优势，还需维持可持续发展，重视生态保护便是建设美丽乡村的重要抓手。

　　党的二十大报告中指出："必须牢固树立和践行绿水青山就是金山银山的理念，站在人与自然和谐共生的高度谋划发展。"

　　李豆罗对于家乡的生态，一直有一种执着的追求。这种追求，从他很小很小的时候就开始了。

　　李豆罗从小就喜欢整洁，喜欢干净，喜欢村里的一草一木，对于自然环境，他有一种跟众人截然不同的亲近。

　　也许缘于他从小被当作女孩子养？也许是血液里的基因，先祖李唐历代帝王治国治家的理念传承给了他？

◎ 乌岗山满山鹭鸟

　　李豆罗当大队团支书的时候，就很注意栽树。冬闲时分，他让社员们在乌岗山上、在村头空地大量栽种杉树，他知道杉树成材快，木质也好，应用很广，既可以很快为西湖李家遮风挡雨，又能满足乡亲们对木材的实际需求，那个时候，杉木家具是农村家庭的重要物件。他的重视，很快让村里村外绿树成荫，一片生机，以往只有荆棘杂草的荒山野地彻底变了面貌。可是，问题又来了，树长起来了，偷树的人也来了，偷树者，有本村人，也有外乡人，怎么办？李豆罗请了村子里三位孤寡老人，给他们工钱，请他们巡山，制止砍树偷树行为。为什么要请孤寡老人而不是精壮汉子？这就是李豆罗的独特智慧了。

他说："第一，他们都是孤寡老人，没有事做，会觉得自己无用，现在有了一点事做，觉得自己有用，会一身的劲；第二，他们无儿无女，没有后顾之忧，不怕得罪人，可以坚决地跟偷盗树木的人斗争。"效果正如李豆罗预料的那样，三位孤寡老人认真无私，勤恳敬业，把个乌岗山管理得如一片原始森林，遮天蔽日，郁郁葱葱。李豆罗对于三位孤寡老人的任用，充满着辩证法，充满着智慧。这种独特的李氏智慧，也是贯穿本书始终的最重要的元素，读者朋友已经多次领略。

1969 年，李豆罗当了太平大队书记后，看到昔日"癞痢头"般的乌岗山已呈现宏大的森林规模，便干脆把乌岗山封了起来，将乌岗山改成乌岗林场，并找到太平大队副书记李桂生和学过园艺的才子高大发，让他们两个在林场里护理树木，栽瓜种果，把上千亩的乌岗山打理得花红柳绿，鸟语花香。

155

李豆罗一高兴，当时便吟出了一副对联，曰：

朝东，岂容昔日荒山庄，且喜明朝皇母来。

朝南，青岚湖上千帆过，乌岗山上万木香。

李豆罗的这个事例，令笔者非常震撼！

要知道，对于一个成长于20世纪60～70年代的青年而言，那时社会上根本没有生态的概念。当时社会上的实际情况是，很多绿地被砍成了荒山，很多河流被野蛮地填平，生态遭受了严重破坏。国家重视生态，是近二十年的事，而五十年前，就有一位年轻人有这么睿智、超前的目光和决策，实在是少之又少！

对于栽树，李豆罗是把行家里手。他说："如果曾经栽下的所有树全部都存活的话，鄱阳湖都能绿化了。为什么生态总是搞不好，年年栽树，年年不见树？春天栽苗，夏天断杪，秋天断腰，冬天又挖，这样怎么栽得了树呢？"他沉思了一下继续说道："我的理念，就是小树栽成苗圃，大树栽成森林。见缝插绿，密密麻麻。"

2001年5月1日，黄桂莲回到西湖李家，看到乌岗山上满山高大的杉树间，一群群鹭鸟飞舞、欢鸣，激动地给正在南昌的丈夫打去电话："豆罗，乌岗山上的白鹭鸟太多太多了，你有空回来看下撒。"

李豆罗接到电话，真想立刻赶回家去，可是，正逢佳节，自己要在市政府值班，实在走不开。到了5月3日，李豆罗借着到昌东一带视察工作的机会，驱车到了南昌县塔城乡，找到一条船，跨过青岚湖，在乌岗山下登陆，然后花了一个小时，绕着乌岗山走了一圈，看到山上万木葱茏，白鹭遮天，听到林间万鸟齐鸣，气势磅礴，高兴地吟了一首诗：

喜闻鹭鸟聚乌岗，初夜难眠梦难香。

驰车水岚抬望眼，万里春光满故乡。

之后，便心满意足地登船离开了。

所以，回到西湖李家进行社会主义新农村建设，立志振兴乡村的李豆罗怎么会允许家乡的生态被破坏？维护农村生态，就是李豆罗的初心。西湖李家十多年建设过程中，没有一次因产业发展的刚需而破坏了环境。

在笔者与李豆罗交谈中，他反复强调的一个主题："我首先定位，西湖李家就是农村。农村，就要有农村的样子，不能破坏了农村的生态和原貌。我宁愿发展得慢一点，慢中求发展，也不要搞得过于商业化。因为产业不足而没有挣到的钱，完全可以通过旅游开发而挣回来！"

在李豆罗眼里，西湖李家未来要一年四季有花，一年四季果瓜。农村的原汁原味一定要保留，这才是乡村振兴的重点。要让西湖李家的两千多名村民望得见青山，看得见绿水，记得住乡愁。

这个观点，与党中央提倡的"绿水青山就是金山银山"政策，是多么的合拍！

2019年《国务院关于促进乡村产业振兴的指导意见》（国发〔2019〕12号）中，关于"基本原则"这一项，非常明确地指出：依托种养业、绿水青山、田园风光和乡土文化等，发展优势明显、特色鲜明的乡村产业，更好彰显地域特色，承载乡村价值，体现乡土气息。

一句话，不管怎么发展，农村就要有农村样。

李豆罗的发展思路与中央的决策无比吻合！

今天的乌岗山一带，生态环境堪称一绝，游客仿佛来到了原生态的林场。参天大树郁郁苍苍，瓜果家禽共生共养，燕子来筑巢，土鸡飞上树，水无污染鱼虾多，山岗葱翠任鸟栖，果然是"美的空间、人的乐园、鸟的天堂"。

为了建设更美好的西湖李家，李豆罗依旧在不停忙碌着。正值春天，路边樱花、梨花、桃花、油菜花争芳斗艳，一棵棵红美人被种在西湖李家的土壤中，苗壮成长着。

这一批小树苗是慕李豆罗之名而来的两个年轻小伙子带来的。李豆罗一听这种果树能够四季常青，立刻就开始规划种植，以求进一步实现他"四季有花，四季有果"的设想。

在生态建设道路上，有很多人帮助过李豆罗。

◎ 樱花

　　西湖李家的樱花种植，便得到了台湾园林公司老总林春葵的帮助。李豆罗第一次见到林总是在农夫草堂，当时由进贤县副县长涂莉花引荐，他拿了一幅李豆罗的字《茶花王》就走了。第二次，林总独自前来，李豆罗不知其目的，便问道："林总，你怎么又来了？"林总说："我想在这里搞一个樱花基地。"李豆罗心想：现在年轻人都喜欢春天开着车到处看樱花，如果我把西湖李家建设成了樱花基地，今后，大家不用再去湖北赏樱花，更不需要飞去日本看樱花。到西湖李家来就可以了，这是个大好事呀！李豆罗赶紧先把丑话说前头："我这里是不准占山占水，来投资我都是要赔山赔水的。"林总接受了，两人开始商量，在西湖李家种果树花树都没有太大问题，对于后期田庄规划也没有太大影响，因为"到时候树一砍，就可以种田"。随后，他们开始行动。林总下了大决心，一下拿出三万多棵樱花树，前前后后栽种了两年，从 2017 年到 2018 年，历经两个冬天，两次大水，一次天旱，出了不少钱，花了不少精力，却因一场大风雪，樱花树死了一半。李豆罗看到那份惨象，心疼地说："我从二十几岁开始栽树，到现在七十几岁，最成功的是樱花，最失败的也是樱花。"为此，他还伤心地写下一首诗：

一场风雪一场灾，树断竹爆遍地哀。

林总借我万千树，樱花茶花分期开。

此后，又经历了三场灾害，剩下的一半樱花树，高处的被旱死，低处的被震死，三万多株樱花树劫后余生的也就剩下万把株，好在，这一万多株樱花树还是顽强地存活了下来。

如果没有这几次劫难，三万多株樱花树在西湖李家一同绽放，那将是何等美景呀！

种树栽树，李豆罗也是有规划的。要打造"一年四季开花，一年四季果瓜"的乡村景色，需要种植不同花期不同果期的树木：樱花三四月，桂花八九月。樱花树间隔 6 米，还能种上西湖李家的新贵"红美人"。水果采摘种类多，秋冬柑橘，春夏枇杷，金秋柚子，还不忘种上油茶，带动村里的榨茶油产业链。

笔者在西湖李家跟随李豆罗视察大小工地好几天，发现好多工地都在做竹围栏，原来，春天到了，竹林里开始冒出小竹笋。为了防止有人乱采挖，李豆罗组织村民将竹子做成栅栏，他介绍道："一定要搞，否则，摘了一棵春笋就损失了我一根竹子呀。"心疼之情溢于言表。

西湖李家村口的荷塘将近百亩。荷塘经过两年的种植试验，现在已经是荷叶婆娑，荷花盛开了。盛夏，一进到村口，空气中就飘荡着荷花的清香，沁人心脾，西湖李家的美丽景观又添上了浓重的一笔。

保护生态环境，除却种植树木，还需要制定规章制度，约束大家的行为，进行生态环境教育，从根本上培养保护生态环境的意识。

近年来，由于大肆捕捞，导致青岚湖失去生态平衡，2017 年中央一号文件提出

◎ 村口荷塘

◎ 荷花

"率先在长江流域水生生物保护区实现全面禁捕"，而江西也宣布从 2021 年 1 月 1 日起，全面禁止在鄱阳湖进行捕捞，为期 10 年。鄱阳湖的支脉青岚湖当然也要坚决执行，一夜间，青岚湖上的渔船消失得无影无踪。李豆罗认为："这个决策是非常正确的，惠及当代，荫及子孙。西湖李家曾经因湖面界限不清，闹得与外村纠纷不停，渔业混乱，电鱼盛行。这些行为都会殃及鱼子鱼孙，属于毁灭性且不道德的行为。自从有了禁令之后，湖面也就平静下来。"

李豆罗曾经写了一副对联：

青岚湖畔千帆过，乌岗山上万木春。

2021 年，他有感于青岚湖的新风新貌，重新改为：

青岚湖畔无帆过，乌岗山上万木春。

几年来，西湖李家被国家相关部委和江西省先后评为"生态文明示范自然村""生态新农村""省级生态村""中国幸福村"，如此多的荣誉，如何保持，维护，发展，需要大家共同努力。为此，李豆罗想出"两手抓"的方法：一、教育村民加倍爱惜环境，加强管理，安排人员山间巡逻；二、严格执行"五不准"——不准乱砍滥伐、不准放牛践踏、不准上山打猎、不准毁林垦荒、不准焚烧纸盒燃放鞭炮。一经发现有违背者，将会受到严厉批评；造成灾难性损失者，还会被移交司法部门，追究其刑事责任。

逗语

"

所有有钱的、掌权的都要伸头，所有有志的都要伸手，所有有心的都要伸脚，动脑、动手、动脚，共同来挖掘、整理、维护、保护、传播、传承这个宝贵的遗产。

"

政策

西湖李家有如今的成绩，与国家相关政策的扶持有莫大关系。

好政策要有好的执行者。须组织领导有方，动员实施有力，上下一条心，方能落实好政策。

俗话说：无工不富，无商不活，无农不稳，无粮则乱。

西湖李家整治田畴的工作便沾了国家政策的光。

民以食为天，粮以地为本。土地、土壤的质量与粮食品种、产量息息相关。在西湖李家整治村容村貌暂告一段落后，李豆罗申报了国家土地整治的建设项目，主要利用冬季土地空闲时间，分批对土地进行整改治理，以便实施"造地增粮富民工程"。最终，西湖李家成功获得了镇、县、市、省和国家发改委的支持，成为全国土地整治项目试点单位之一。

党的十九大以来，党中央、国务院关于乡村振兴的文件连续出台，2018年1月2日颁发的《中共中央国务院关于实施乡村振兴战略的意见》，2019年6月17日颁布的《国务院关于促进乡村产业振兴的指导意见》，2021年

3月5日颁布的《中华人民共和国国民经济和社会发展第十四个五年规划（草案）》以及每年年初的中央一号文件中，对于乡村振兴工作都给了大量的宏观和微观的部署。李豆罗在这些文件里，得到了很多的启示并投入实践运用。

李豆罗还得到了金溪县竹桥村乡村振兴试点工作的启发。

金溪县，抚州市下辖县，位于抚州市东部，是一个具有优良文化传统的县域，自明末延绵至清朝中晚期几百年间，一直是江南地区最大的雕版印书业的中心。竹桥村的余姓村民，自明代中期开始风行雕版印书，产业从一个小村庄延伸

© 出席竹桥论坛

到了全县、全省、江南甚至全国，清朝北京琉璃厂的几个最大的书商都是来自金溪竹桥的余姓客商，在全国留下了"金溪书"的美誉。今天，金溪县浒湾镇的"雕版印书"技术，被列入国家级非物质文化遗产目录。

李豆罗和竹桥村的缘分来自于一个竹桥余氏的后代余展。

余展，金溪竹桥人，儿时在南昌市长大，后来考上大学，在中央团校工作。李豆罗在三里公社当书记的时候，余展在进贤县"五七干校"工作，三里公社要发展棉花产业，李豆罗带队去"五七干校"取经如何种棉花，就这样与余展结识了。后来，李豆罗当了进贤县委书记，余展一直在"五七干校"留守。再后来，余展回到北京，"五七干校"改成农垦学校。李豆罗与余展一直保持着联系。

余展后来在北京任中国村社发展促进会名誉会长，2012年，他促成在金溪县竹桥村举办了一次"中国·金溪首届竹桥文化发展论坛"。余展请来了全国许多专家，也请来了李豆罗。李豆罗在论坛上发表了颇具李氏风格的讲话：

164

我认为这一次竹桥文化论坛可以说四句话：北京指挥有道、抚州领导有方、金溪操办有力、专家学者论谈有功。其中专家学者在这次论坛上可以说是远见卓识、才华横溢、立意高远，在短短的两个多月里，交出了二十多篇锦章大作。他们从不同的角度、站在不同的层面，人人是妙笔生花、篇篇是翰墨华章。在他们的口中、在他们的笔下，我们的竹桥村是一颗璀璨的明珠，我们的竹桥村是一座文化的宝库，我们的竹桥村是一块鲜活的化石。在他们的口中、在他们的笔下，记录了竹桥的古村辉煌，蕴藏着竹桥的人品文化和人品精华，显示着竹桥的儒商文化。

　　我个人认为这次论坛是一次惊人的创举、是一项光荣的使命、是一个美好的前景。就论坛来说，是可喜可贺。

　　各位领导、各位专家学者、同志们，无形的竹桥文化遗产倾注了金溪人的无限情感。随着社会的发展，这种文化遗产正在逐渐地失去它昔日的光彩。我真诚地希望，我们大家通过这次论坛，或者说，以这次论坛为契机，所有有钱的、掌权的都要伸头，所有有志的都要伸手，所有有心的都要伸脚，动脑、动手、动脚，共同来挖掘、整理、维护、保护、传播、传承这个宝贵的遗产，为丰富我们社会的文化宝库共同努力。我在这里想，如果做好这件事，我们毛主席知道会表扬、阎王爷知道会加寿，是积阴德、是积阳功德，做好这件事可以告慰先人、启迪后人、鼓励今人。

　　这次会议让李豆罗受到极大的震撼，因为他看到了一个真正具有千年文化传统的村庄会具有多么强大的文化底蕴，整个竹桥村的建筑、布局，以及村里那一条条被几百年前运输图书的独轮车压出一道道凹槽的石板路，都令李豆罗心底对于竹桥村的厚重积淀充满了艳羡。他走遍南昌各大地方，都没有看到像竹桥一样文化底蕴丰厚、经济又富裕的农村。尤其是这座古村的房子及物件保存较为完整，让人很是惊讶。他心里打定了主意：未来的西湖李家，也要打造成这样一座有着深刻文化底蕴的村落，让子孙后代为我们而自豪。

　　李豆罗甚至被竹桥村中大量人家中拥有的古代家具和摆设所吸引，他请当地人帮自己在乡村收购这些古代物件，运回西湖李家加以保护。如今的农夫草堂二楼，就有一座非常精美的明代屏风和一座数米高的明代木塔来自于金溪县，令游客大开眼界。

2010 年，农业部和文化部联合举办全国村歌大赛，李豆罗将自己创作歌词的村歌《西湖李家》送去参赛，在三千多首村歌中脱颖而出，最终被评为"全国十佳村歌"，歌词曰：

◎ 明代屏风

啊……
陇西龙宫名扬天下，
旋马家风道德世家。
明礼诚信，
崇尚文化；
励精图治，
奉公守法。
啊……
青岚流淌乌岗婆婆，
塘中莲藕田园稻花。
红石铺路，
马头墙隔；
古村神韵，
村景如画。
皇天后土，
西湖李家，

◎ 明代木塔

皇天后土，

西湖李家。

啊……

西湖李家，

西湖李家。

啊……

　　西湖李家的建设离不开国家政策的帮扶，也离不开李豆罗响应国家的指令与号召后做出的种种正确的规划。老共产党员李豆罗非常清楚，只有紧跟党的脚步，领略党的方针政策，才有可能成功，才有可能走向胜利。

第五部分
未来

一塘涵碧映耀西湖千秋大业
两山耸翠彰显李家万代宏图

逗语

古村神韵，田园稻香；塘中莲藕，山间鹭翔；农家饭菜，湖边泳场；集体经济，做大做强；中华文化，继承弘扬。

我搞山水化、田园化和农耕文化。

站在东岸看西岸，站在西岸看东岸，坐坐游船看两岸，越看越好看。

欣慰

回到西湖李家十多年来，李豆罗的生活非常规律，早上 8 点半左右用餐，9 点开始巡视工地。午饭后一定要睡个午觉，恢复精力。之后又去各个工地监工。很多时候还要接待来自全国各地甚至国外的友人，与他们谈友情、谈发展、谈项目。如果碰到雨雪大风天气，他就在屋里看书，写字。

建设西湖李家的过程很是艰辛，一年三百六十五天全年不休，每日白天抓进度，晚上忙调度，半夜还得找思路。碰到人手紧缺的时候，70 多岁的李豆罗还要亲自下田劳作。经常大晚上睡不着，心系西湖李家的各项工程。几乎每天晚上十点多钟都要在湖畔漫步，思考下一步怎么走，未来该怎么规划。

李豆罗是个接地气的人，他没有那么多花里胡哨的动作，搞的都是"实干主义"。他自己心目中坚持的新农村道路就是：山水化、田园化和农耕文化。

◎ 西湖李家·文化墙

◎ 李豆罗开着电动小车

就这样一周周一月月一年年，西湖李家一天比一天有形，一天比一天美丽！

刚回到西湖李家的时候，对于家乡的未来，李豆罗向两千多名村民谈了自己心中的蓝图：

第一，宗旨：传承华夏文化，恢复古村精华，重墨青山绿水，美我故乡天下。

第二，特色：红石路、马头墙、碧绿水、满村树。

第三，步骤：先村庄、后田庄，先村容、后文化、再产业。

第四，时间：三年开头，六年扫尾。脚踩西瓜皮，滑到哪里算哪里。

最后就是第五个目标：古村神韵，田园稻香；塘中莲藕，山间鹭翔；农家

◎ 油菜花海

饭菜，湖边泳场；集体经济，做大做强；中华文化，继承弘扬。

　　这就是李豆罗追求的西湖李家：

> 一幅山水画，
> 一首田园诗，
> 一部文化交响曲，
> 一张平安富贵图。

　　如今的西湖李家，早已告别了十多年前的旧貌，外在的景色，内在的村风，都得到彻彻底底的改变，按照李豆罗的说法，现在的游客到了西湖李家，满眼看去，

可以看到以下景象：

一看古村神韵，

二看田园风光，

三看乌岗积翠，

四看青岚荡漾，

五看沙滩泳场，

六看农博馆堂、红博馆堂，

七看山间鹰翔，

八看农夫模样，

九看翰墨飘香，

十看新村景象。

◎ 西湖李家日出

行香子·树绕村庄

[宋] 秦观

树绕村庄，水满陂塘。倚东风，豪兴徜徉。

小园几许，收尽春光。有桃花红，李花白，菜花黄。

宋代秦少游的著名词句，恰好能描绘出西湖李家现在的秀丽风景，与李豆罗勾勒出的西湖李家的特色"十看"，是不是高度吻合？

从 2010 年返乡至今，已经 13 个年头，这 13 年来，李豆罗自我总结，在西湖李家做了 11 件事：

一是清理脏乱差；

二是拆除破烂旧；

三是修理四百房；

四是重铺村道路；

五是荒山野坡披绿衣；

六是山塘水库深挖渠；

七是旱地水田重整治；

八是电排灌站大维修；

九是六种文化皆传承；

十是教育基地新规划；

十一是注重助学及村风。

前前后后，里里外外，西湖李家大变样。

还记得李豆罗的休政感言么？留点痕迹后人评！

前四十年，李豆罗用自己的经历、经验去构想西湖李家的蓝图；后四十年，李豆罗基于自己心中的蓝图，开始了实践。他用"脚踩西瓜皮，滑到哪里算哪里"的勇气，努力打造西湖李家，真心实意想给后人留下点东西。

期待着、展望着未来西湖李家的乡村振兴之路，不禁令人回想起当年的南昌红谷滩，也是通过一点一滴的艰辛建设，形成了现在的南昌市中心经济区，这过程中的酸甜苦辣，也只有那时候的李豆罗与建设者们才知道。

如果问现在南昌市最繁华的地段在哪里，大部分熟悉南昌或者到过南昌的人都会回答：红谷滩。

红谷滩，一个好听的、欣欣向荣的名字。这个名字是当时李豆罗任南昌市副市长时，南昌市委书记钟家明定下的。古代，因这片土地是赣江边的滩涂、沙洲，荒凉冷寂，却是众多水鸟的天堂，白鹭、鹧鸪、大雁、野鸭、鸳鸯等因水草丛生、鱼虾丰富而喜欢在此栖息，故得名"鸿鹄滩"，钟书记灵机一动，取其谐音，以"红谷"二字，象征了南昌的兴旺和富庶，改得甚是妙哉！

可是，仅在二三十年前，红谷滩远不是今天摩天高楼摩肩接踵、城市白领忙忙碌碌、霓虹闪烁、寸土寸金的生机勃勃的景象。

那个时候，从南昌市区通往新建县县城长埫镇就只有一条主干道长征路 (320 国

© 红谷滩旧貌

道），说是主干道，就是一条双向两车道的柏油公路，路两边还晃动着大量的小商贩。公路往东直到赣江边两三公里，都是一大片荒滩，除了一些房子，长着野草、杂树、芦苇和水葫芦，间或点缀着一些不知名的野花和一小块一小块的菜地，更多的是杂乱的石块和沙堆、滩涂，湿地上还有几个看鸭子的鸭棚子。当时红谷滩属于新建县长堎镇的沙井村和卫东村管辖，这两个村的孩子要走路到两三公里外的长堎镇上学。

红谷滩的发展，缘于 1995 年江西省的扩容决策。

当时，改革春风劲吹，中共江西省委、江西省政府开始酝酿做大做强南昌市，便把扩容的眼光投向南昌市的四周。南昌市到底向哪个方向发展？是向东往艾溪湖、瑶湖板块，还是向南往莲塘、向塘板块？或者向北往扬子洲、蒋巷板块？经过深思熟虑，省委、省政府决策，南昌市向北扩容，跨过赣江，连通新建，开发赣江西北部滩涂，并定名为"一江两岸城市发展规划"。

根据省委、省政府制定的一江两岸发展决策，南昌市委、市政府下了决心开发红谷滩，具体工作落到了担任南昌市常务副市长的李豆罗头上。他对着南昌地图研究了好几天，又找来几位专家畅谈，听取他们的建议，深思熟虑后，撰写了一份详尽的报告，并在 2000 年 1 月 29 日，代表市委、市政府，在南昌市人大会上宣读，报告共有 8000 字，主要谈的就是南昌市的扩容问题。

李豆罗在报告中谈道：

南昌濒临赣江，新中国成立以来由于受基础设施等条件的限制，城市建设上主要依托旧城向南发展，百万人口聚集于昌南，特别是原 8 平方公里的旧城范围，居住了 40 万人，有的地方一平方公里居住超过 10 万人，人口密度过高。昌北一带依山傍水，面积 88.86 平方公里，多为荒丘坡地，农田少，绿化、植被、水面较多，环境资源良好，对于城市向北拓展极为有利。赣江穿城而出，昌北昌南如大鹏两翼，缺一不可。加快昌北地区的发展，既建了新区，又为老城的环境改善创造了条件，南昌城市建设将全局皆活。

从昌北地区的现状看，推进一江两岸城市发展格局具有诸多有利因素，昌北地区东临赣江，西北靠梅岭，已建成区用地面积 17.85 平方公里，有一定的基础和大的发展空间，近年来昌九高速公路，京九铁路，南昌大桥，新八一大桥，粤赣高速公路昌樟段相继建成通车，昌北机场已经通航，1992 年起步的昌北开发区现已初具规模，目前正在申报国家级经济技术开发区，特别是全长 34.89 公里的一江两岸道路防洪系列工程已基本完成，使南昌大桥、八一大桥、赣江大桥相连接，形成了沿江主干道环行线，从根本上拉开了一江两岸的格局。

从省会城市的地位看，推进一江两岸城市发展格局，可以更好地发挥辐射作用，南昌是京九铁路沿线唯一的省会城市，是铁路交通的重要枢纽，在长江经济带承东启西，尤其是中央采取支持中西部地区发展的战略决策，使南昌在全国的区域地位有一个明显的提升，南昌的建设要展现省会城市的形象，强化为全省服务的功能，成为对外开放的窗口，加快昌北的开发已经迫在眉睫。

报告顺利通过，大会最终决定，南昌市向西北发展，打造一座新城。南昌市政府下定决心，开始启动新城计划，决定以"抽沙造地"为第一步。

◎ 红谷滩抽沙造地前线指挥部成员合影

◎ 2000 年 12 月，红谷滩中心区开工建设奠基仪式

　　那时的南昌市委书记是钟家明、市长是刘伟平，在他们的大力支持下，李豆罗拉起了一支队伍，带着这支队伍来到赣江边的一处荒滩上，成立了红谷滩抽沙造地前线指挥部，这也是红谷滩的第一个指挥部。当时环境恶劣，周围都是滩涂，而李豆罗就在这样的逆境里，当起了"抽沙造地"总指挥，仿佛战场上的前敌总指挥，冒着枪林弹雨，指挥部队奋勇冲锋，为新南昌的建设呕心沥血。

　　不要小看这个简陋的指挥部所处的位置，它可是今天的南昌市委市政府大楼的前身。如今的中共南昌市委、南昌市人民政府、南昌市人大常委会、南昌市政协以及红谷大厦、红谷滩会议中心、索菲特泰耐克大酒店、香格里拉大酒店等红谷滩中心区最重要的建筑，都坐落在当年这个指挥部的位置，是现在南昌市地价最贵、寸土寸金的地方。

一天，针对李豆罗的"抽沙造地"计划，钟家明书记找到李豆罗，问道："豆罗，抽沙造地要用的船数量不少，你要怎么办？"

李豆罗从容答道："船从哪里来，一共有三步。第一，去租船；第二，去买船；第三，自己造船。"

李豆罗紧接着解释道：现在南昌市到处都在搞建设，资金紧缺，钱不够，最好的办法就是去赣江租船，用现有的船只抽沙造地，能节省工程起步的成本。后续船只再不够用时，可以考虑去邻省湖南常德买船。再等到本省造船技术过关时，就能选择自己造船，节省成本，又提高技术。总而言之，船的办法很好解决。

钟书记又问道："搞这么多船，抽沙抽完了怎么办？怎么处理船只？"

李豆罗自信地回复："我们南昌有一千多公里的水岸线，还怕有用不到船的地方？"

就这样，李豆罗率领着众人抽沙造地，硬是点点滴滴把滩涂沙地打造成了如今的硬地面。

抽完了沙，造地成功，接下来还需要卖地，也就是要吸引单位进驻，否则，再怎么宣传，没有单位愿意来这里，开发两个字也就无从谈起。

可是，就这么个荒滩，每天野鸟乱飞，芦苇丛生，谁愿意迁过去？

一时间，这片"新大陆"没人要，没人买，好像谁都不敢接过这个烫手山芋，谁都不愿当第一个吃螃蟹的人。

钟家明又找到了李豆罗："老李呀，这个事情你看该怎么办呀？"李豆罗灵机一动："这个事情好办呀！叫洪城大市场来买这块地。去叫洪城大市场的胡总买。"

钟书记问道："那，怎么让他买呢？"潜台词是，你喊人家来买，人家就愿意买么？

李豆罗说："这个很容易，书记你亲自请一桌饭，我来作陪，这事就能水到渠成了。"

结果钟书记真请客,在市委食堂安排了一桌饭,把胡总请过来,李豆罗作陪。

胡总高高兴兴地买下了市政府对面的那块地,首开红谷滩进驻单位先河。有了开头的,又是这么著名的单位带头,其他的单位也就纷纷效仿,一时间,到红谷滩看地选地的单位纷至沓来。

然而,熟悉红谷滩的人都知道,南昌市委市政府附近,并没有任何一处与洪城大市场相关的产业,那么,这块地现在在干什么呢?

这,又是另一个故事。

1998 年,洪城大市场买下这块地后,却因为业务方面的原因,始终没有用上,几年来,这块地便一直闲置在那里。

2001 年,上海绿地集团老总来南昌考察投资,却找不到地理位置满意的土地。南昌市当然知道绿地集团的分量,很希望与绿地牵手成功,可是,红谷滩已经没有更好的地块入得了上海客人的法眼,怎么办呢?

这个时候的南昌市委书记是吴新雄,李豆罗已经升任南昌市市长。李市长便给吴书记出点子:"之前卖地,我要钟书记请洪城大市场的胡总吃了顿饭,说服他买下了红谷滩的第一块地,据我所知他们还没使用这块地,现在,你又可以说服他,把那块地买回来,这块地地理位置这么好,上海客人肯定满意。"

依然是一个饭局,依然是市委书记请吃饭,依然是李豆罗作陪,客人依然是胡总,只是时间是三年之后。就这样,这块地又被买了回来,然后卖给了绿地集

◎ 双子塔

团。

从这一买一卖两件事中可以看出，李豆罗为了南昌市的发展，展露出的谋略、精明和实效跃然纸上。

熟悉红谷滩的读者朋友，从我们的描述中，一下就能猜到，李豆罗一买一卖的这块土地，正是今天的南昌双子塔所在的位置。绿地双子塔，高度303米，是南昌最高的建筑物，也是中国中部最高的"双子塔"，2015年甚至创造了吉尼斯世界纪录：拥有世界上最大面积的LED照明幕墙，超过世界第一高楼迪拜塔。

绿地双子塔的建成，使得红谷滩有了新地标，吸引了众多白领精英的目光。

而在此之前，红谷滩最火爆的地方要属万达，为红谷滩的发展带来了无限活力，对红谷滩、对南昌市的贡献一直延续至今。这是另外一个故事了。

那是 2003 年的三四月份，正是全国"非典"疫情暴发的非常时期，万达老总王健林带领他的团队从大连直飞南昌。在当时那种情况下，大家都很注意防护，城市里基本看不到什么人，王健林团队乘坐的飞机也只有他们一行，简直成了包机。对于万达的举动，南昌市委、市政府非常重视，也非常感动，时任市委书记吴新雄、市长李豆罗热情接待，尽量满足客人的要求，把现在红谷滩万达以及赣江边上的万达星城、万达华府等几个地块，都卖给了他们。万达的强势进驻，为红谷滩早期的飞速发展，起到了重大的助推作用。

引进绿地与万达，是李豆罗印象非常深刻的两件事，他说："红谷滩建设，为南昌引来了两只'虎'：一只'东北虎'——大连万达老总王健林，一只'华南虎'——上海绿地老总。南昌能够吸引到他们，就说明南昌已经旺了、火了。"

李豆罗的指挥部抽沙造地完成之后，就不再造地了，而是开始划地，将一个个联动区域划到红谷滩，以促进红谷滩新区的飞速发展，这是一件很科学的事。新建县生米镇、望城镇靠湖边的部分区域划入红谷滩，都是李豆罗统筹规划的。

那时，李豆罗的划地思路就是，需要哪块地，就把那块地划给红谷滩。只要有利于发展及规划，就去做。李豆罗当时还断言，以后新建县肯定是要取消的。果然，现在的南昌市，已经取消了新建县，设立了新建区。

那段时间，红谷滩开始进入高速发展期，一个个房产项目在红谷滩拔地而起，拖车、泥头车、铲车、吊车，各种车辆在红谷滩来回穿梭，整个红谷滩就是一个大工地，每过一阵子，就能看到一栋大楼凌空建起。

南昌市还邀请了设计上海陆家嘴的景观设计大师来帮助设计红谷滩，带队的设计师是江西人，所以，红谷滩的整体建筑和造型很有点上海"十里洋场"的气派。很多人参观了红谷滩之后表示，跟国内大部分繁华整洁的城市相比，甚至与国外很多城市相比，红谷滩新区也不相上下。

在打造红谷滩的金融中心和商业中心的过程中，李豆罗也很注重人文景观的打造。

秋水广场坐落于红谷滩赣江之滨，南昌市委、市政府边上，与江南三大名楼之一的滕王阁隔江相望。"秋水广场"之名，便是吴新雄书记依据《滕王阁序》"落霞与孤鹜齐飞，秋水共长天一色"而取的，广场对面的南昌港，也因此被命名为"长天港"。

秋水广场最有名的建筑，要属亚洲最高最大（建成之时）的音乐喷泉。

这个喷泉，也是李豆罗的杰作。

某年，李豆罗去新加坡参观考察，热情的东道主带着他去了鱼尾狮喷泉，那高低起伏、错落有致的音乐喷泉秀瞬间就给了李豆罗灵感，他想着回到南昌要搞一个更大更好的音乐喷泉。他心里想的是，要么我们不做，做了就一定超过你们！

考察回来，李豆罗跟吴新雄书记报告："我们南昌也可以搞一个喷泉，就在赣江边上。"

结果，在秋水广场靠江边的位置建了一个长280米、宽25米的大型江边悬挑平台，共装有636台水泵、1591个喷头，喷泉主喷高达

© 秋水广场喷泉秀

183

◎ 赣江市民公园（南段）

◎ 赣江市民公园（中段）

128米，建成后成为当时亚洲最大的音乐喷泉群，世界上排名第二。每到夜幕降临的时候，秋水广场的音乐喷泉就会上演两场，灯光衬托着喷泉，在音乐声控下，或高亢欢歌，或深情吟咏，喷泉水龙一会儿涌上云霄，一会儿婀娜摇摆，水柱幻化成了美女，带给南来北往的观众无穷的乐趣。一直到今天，去江边看喷泉，都是南昌市民很热闹、很传统的娱乐、游玩项目。

与秋水广场相连的赣江市民公园，蜿蜒于红谷滩区滨江沿岸，北起英雄大桥，南至生米大桥，延绵 20 公里。红谷滩建设之初，李豆罗提议重视文化建设，因此便建设了 1680 米的赣文化长廊，占地 38900 平方米。

这条赣文化长廊，总让我们觉得似曾相识，对了，就是在李豆罗的西湖李家，从廉文化长廊和楹联长廊，我们看得出这是一脉相承，是同一个人的思路，同一个人的手笔。

赣江市民公园建成后，一天晚上，李豆罗吃过晚饭，独自一人顺着市民公园溜达了一圈，心里非常开心，又用他习惯的语调念了几句诗：

举头清风明月，俯首波光粼粼。

上溯千年历史，又现西江风情。

万米春秋画卷，一道文化长城。

© 红谷滩夜景

短短几句话，就将赣江市民公园全景描绘得淋漓尽致。

李豆罗曾经这样描绘过南昌：

> 要站在东岸看西岸，
>
> 站在西岸看东岸，
>
> 坐坐游船看两岸，
>
> 越看越好看。

南昌人经常说李豆罗讲话搞笑，就是因为这些话的顺溜劲儿。李豆罗还真的实现了他的愿望，头一年在滕王阁看对岸，次年就在对岸看滕王阁了。

红谷滩的建设，当然也少不了艰难险阻。

抽沙造地的时候，有一块方洲，有人坚决不走，不管政府好说歹说就是不走。一般情况下，这事就只能靠打官司解决。钟家明书记找到李豆罗："豆罗，这官司怎么办呀？这个人赖着不走。"李豆罗说："我们有善于打官司的人。"钟书记问道："谁呀？"李豆罗说："新建县委书记王水苟，他是南昌本地人，撬牙膏（方言，聊天，说理）特别厉害，找到他就没问题。"这块地靠近新建县，新建县委书记去做工作最好不过了，事情肯定能顺利地解决。

李豆罗从政四十年，能取信于民，能在政治舞台上取得好成绩，是因为他心中想的是群众，每天办的是实事。对于他来说，只要是对老百姓好、为老百姓造福的事情，他都愿意去做，也希望能做得更好。

建设红谷滩是这样。

建设西湖李家，同样是这样。

当下，脱贫攻坚战已经告一段落，习近平总书记在建党一百周年庆祝大会上庄严向全世界宣布，中国已经全面建成小康社会。新形势下，党领导全国人民进行乡村振兴工作，2021 年 8 月 19 日，习近平总书记给云南省沧源佤族自治县边境村的老支书们回信，勉励他们引领乡亲们建设好美丽家园，强调："脱贫是迈向幸福生活的重要一步，我们要继续抓好乡村振兴、兴边富民，促进各族群众共同富裕，促进边疆繁荣稳定。"

全国各省各市各县都在积极响应中央号召，因地制宜，努力建设新农村。华夏神州，地大物博，东西南北各个农村都有各自的特色，五花八门，有产业发展型、生态保护型、城郊集约型、社会综治型、文化传承型、渔业开发型、草原牧场型、环境整治型、休闲旅游型、高效农业型等多种模式的新农村建设范本。李豆罗领导西湖李家，重视自身优势，了解环境、地理位置及当地民情，以"纯粹农村生活"为核心，以"农耕文化"为基础，以"农业""产业"为经济抓手，全面加强农民素质教育，建设的"西湖李家"社会主义新时代特色的新农村，令人耳目一新，非常具有代表意义，堪称江西省新农村建设的样板，乡村振兴的典范！

逗语

"
刀尖上跳舞，处处都捉脚。

好苦、好累、好气、好欣慰。

水温 100 度，现在还只烧到了 70 度。
"

困惑

在李豆罗看来，虽然西湖李家的建设已经取得了很大的成就，但依然面临着不少阻碍。他总结最严峻的五大问题是：建筑还没有扫尾，管理还刚刚开头，文化要继续做上去，产业还没有摸到路，农业还要起步。

他又有一句话：西湖李家的发展，水温 100 度，现在还只烧到了 70 度。

的确，虽然西湖李家已经是一片花红柳绿、景色宜人的新气象，但是，村里的许多建设包括建筑、房屋、路面、绿化等依旧还在继续。李豆罗依然每天在指挥村民们修葺老屋、旧屋，一些建筑物因为长年风吹雨淋日晒，墙面发霉倾倒，不仅屋顶漏雨，还有坍塌的风险。李豆罗每天心里记挂这件事，督促着乡亲们尽快完工，但对于还需要多少时间、多少资金给建筑扫尾，他心里也没个底。

管理方面，最重要的是缺乏人才，特别是缺乏新鲜血液的年轻人。虽然西湖李家现在有两千多人，但是大部分是上了年纪的老人，有劳动力的年轻人零零星星，两只手就能数得过来，因为大多数年轻人都已经外出学习或

◎ 植树造林

者打工，西湖李家的工作人员、管理人员都是村民，帮助施工的人大多从外面请。因此，李豆罗还是希望更多的西湖李家人勿忘家乡，在学有所成之时，或者学有所用之时，能够回到家乡，为家乡建设贡献出自己的一分力量。

2021 年 2 月 23 日，中共中央办公厅、国务院办公厅联合下发了《关于加快推进乡村人才振兴的意见》，指出了乡村振兴工作的最关键环节：乡村振兴，关键在人，并提出了 41 条具体措施。笔者几次采访李豆罗，都发现他在仔细研究这份文件。他对我们说："中央这份文件的确是说中了乡村振兴工作中的痛点。我相信，愿意投身于西湖李家建设的人才会不断地涌现。"

文化方面，西湖李家目前主要把握好了文化输出，相关的农耕文化、楹联文化、节庆文化等都已经印刻在村子的每个角落，镌刻在每一个西湖李家村民的心中。但是，这些文化内涵是不是真的被每一位村民所接受、所内化，还需要时间来检验。

产业方面，虽然目前已经有了不小进展，完善了自我造血功能，但是，外来企业可能因为生态原因无法接近西湖李家而离开，村子里的小作坊式食品加工产业虽

◎ 村干部开会商量新农村建设事宜

然稳定，但产业规模太小，产能跟不上，很难满足大规模游客的需要，更谈不上向外推广、发展，吸引游客的营销渠道也尚未完全打开。旅游方面，举办会议活动也还需等待时机和良缘。

◎ 望母亭建设

农业发展方面，虽然这是村民最熟悉的领域，但农业还得靠天时地利，有时候老天不给好天气，来点颜色给大伙瞧瞧，一块庄稼地可能就白种。如何合理科学栽种，有效规避风险，提高农作物的单位产出，需要时间、设备和资金运转，但一切又都是未知数。

这五个难题，正是李豆罗每天思考的问题。

五个难题，很大一部分归结于一个根本点：钱！

李豆罗跟我们仔细算了一笔账，把村里的全部收入和全部支出相抵，村子每年缺口一百万元资金！这是困扰他的一个大问题。

他知道这些问题不是一朝一夕，单凭一人就能解决的，更需要全村上下一条心，共同商讨对策，舍小家为大家，齐心协力，才能找到出路。

然而，对李豆罗来说，钱的问题，还不算太头疼，不算太大的难事。

最令李豆罗难受、迷茫、困惑的，是人心。

在西湖李家做事，总是有不赞成的，不赞成的人就要唱反调，跟你啰唆，给你出难题。这样的事情几乎天天都会遇到，都会发生。

李豆罗发现，有一段时间，自己不管做什么决定，无论好的还是坏的，总能引来各种非议，各种谩骂，各种难听的话。

很多人问李豆罗："中国有那么多农村，你为什么独独建设西湖李家？"也有背地里诋毁的人："李豆罗肯定是有私心，肯定有利可图。"外面人妒忌，说这个李豆罗就只是帮李家人做事；村里人又不理解，觉得李豆罗好像拿着建设村子来自己发财。

李豆罗再三跟他们解释："当前，国家全力支持社会主义新农村建设，支持乡村振兴，各种利好政策、项目接踵而来，西湖李家是我的家，我当然会想到自己的家乡，把自己的家乡建设好，让父老乡亲过上更好的日子"，"对一个退休的人来说，建设家乡，也是为国争光"。

可是，对一些人，怎么说都没有用。

最难，就难在这里。李豆罗有一阵子觉得两头受气，里外不是人。

最苦的就是心里苦：外面有人妒忌，里面有人捣乱。

李豆罗在跟我们聊到这个话题的时候，表情也有了些许的变化："刀尖上跳舞，处处都捉脚（方言，扎心）。"

难，太难了！

曾任江西省委副书记、赣州市委书记的李炳军（现贵州省省长），一次来西湖李家看望李豆罗。李省长也是陇西堂的后人，对李豆罗这位老前辈兼本家自是尊敬有加，他问李豆罗："为什么你会好气呢？好苦、好累都能理解，怎么会好气呢？"李豆罗回答道："在我没回来之前，这个村庄没有几个说我坏话的，因为年轻时的为人，以及当大队书记的时候乡亲们的认可；可我觉得我回来没几年，没有几个说我好话的。建设刚开头，吵嘴是经常的，说我说得最厉害的就是女同志。女同志对我没有一点客气，为什么呢？因为她们不是本村人，外地嫁过来的，她们跟我没有感情，她们也不忌讳你当过什么职务。那都是真骂真凶，没有忌讳。不怕你做得好，你做得越好，他们喝得越甜，她们的舌头已经喝麻了，没感觉了，就开始挑你，你做的每件事情，她们都感到不满意。这就是我最难受的地方。做的事说的话没人理解。"

"好苦、好累、好气、好欣慰"，是最可以形容李豆罗 13 年来在西湖李家境况的 9 个字。四千个日日夜夜，他在西湖李家尽心尽责搞建设，认认真真谋发展，遇到他人的抱怨与不解，只能自己当作哑巴吃黄连——有苦说不出，只好苦中作乐。但同时，他看到西湖李家一天天的点滴变化，心里又好欣慰。总而言之，痛并快乐着的这种矛盾情绪，反反复复地沉积在他的心里，时而折磨他，时而愉悦他，时而委屈他，时而痛快他……

好在，经历过大风大浪的李豆罗信念坚定，理想坚定，"知我者谓我心忧，不知我者谓我何求"。他知道，西湖李家的建设，公正的评价在公众的口中。至于自己的得失哀乐，他说："这么多年了，有点麻木了，人家说的很多话没有那么在乎了。"

毛泽东曾经说过：不管风吹浪打，胜似闲庭信步。

孙中山先生也说过：吾志所向，一往无前，愈挫愈勇，再接再厉。

作为一名老共产党员，李豆罗听从内心的信念，他知道，只要自己做的是为百姓谋福利，为集体求发展的事，再怎么做，问心无愧，历史和人民会检验这一切！

李豆罗这样总结自己的一生：政治上，与党中央保持一致；思想上，以民为本；工作上，开拓进取，打球不怕犯规，做事不怕吃亏，当了头就要去做；作风上，光明磊落；生活上，艰苦朴素。

虽万千人而吾往矣！

逗语

> 空气质量不优即良，地面卫生不乱不脏，湖塘水面碧波荡漾，人人气色满面红光！
>
> 开过全国的会，登过全国的报，得过全国的奖，上过全国的电视台，来过世界上的人。

振兴

西湖李家，就是李豆罗的田园梦。他打造的农村，外在朴实无华，内在丰富多彩，不光是李豆罗的梦，也是中国数亿农民的梦！

退休后，回到西湖李家的生活，是李豆罗从小就熟悉，长大后又向往的：晚上起墨练字，既有飞天走地鸡吃，也有绿色有机菜食。满眼所见，就是本质的农村，纯粹的农村。从农村风景到农村文化，从村风到家风，里里外外全部都是农村特质。少一些商业化，多一些农耕文化；少一些虚假，多一些真诚。

李豆罗评价现在的西湖李家，又活灵活现地用上了典型的"逗语"：空气质量不优即良，地面卫生不乱不脏，湖塘水面碧波荡漾，人人气色满面红光！

对于西湖李家的影响力，李豆罗总结道：开过全国的会，登过全国的报，得过全国的奖，上过全国的电视台，来过世界上的人。

对于西湖李家目前的困难和自己的困惑，李豆罗说："所有有权的、掌权的都要伸头，所有有志的都要伸手，所有有心的都要伸脚，动脑、动手、动脚，共同来挖掘、整理、维护、保护、传播、传承这个宝贵的遗产，为丰富我们社会的文化宝库共同努力。"

西湖李家十多年来获得的各种荣誉：

　　西湖李家被全国旅游景区质量等级评定委员会评定为"AAAA 级国家级旅游景区"；

　　2011 年，《西湖李家》村歌被评为"全国十佳村歌"；

　　2012 年 1 月，李豆罗被授予"感动江西农村十大人物"荣誉称号；

　　2013 年，西湖李家被农业部、旅游局评为"全国休闲农业与乡村旅游示范点"；

　　2014 年，李豆罗被中国楹联学会授予"第二届梁章钜奖"；

　　2015 年，西湖李家被中央精神文明建设指导委员会评为"全国文明村镇"；

　　2015 年，西湖李家被农业部评为"中国最美休闲乡村"；

　　2015 年，西湖李家被农业部评审委员会评为"全国十佳休闲农业与乡村旅游星级企业"；

　　2015 年，李豆罗被授予"2014 年度中国文化人物"荣誉称号；

　　2016 年，李豆罗被授予"CCTV 2015 年度十大三农人物"荣誉称号，被授予"2016 爱故乡人物"荣誉称号；

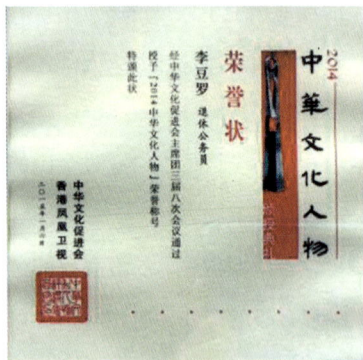

◎ 各种荣誉

© 各种荣誉

2017 年，西湖李家被住建部、财政部、环境保护部、农业部、中央农村工作领导小组办公室评为"美丽乡村示范村"；

2017 年，李豆罗被授予"中华慈孝人物"荣誉称号；

2018 年，西湖李家获得"文化遗产筑梦者"荣誉称号，李豆罗被推选为 2018 年首届"中华家风家教典范"；

2021 年，西湖李家入选江西省第二届乡村旅游重点村；

…………

各级媒体纷纷报道西湖李家，包括《人民日报》、新华社、中央电视台、《法制日报》、《解放日报》、《中华工商时报》、《北京青年报》、《半月谈》、《江西日报》、《江南都市报》、《南昌晚报》、江西电视台、中国新闻社等媒体，其中的中国新闻社江西分社多次报道西湖李家，社长柳俊武更是直接联系我们采访李豆罗，促成了这本书的面世，在此特别向柳俊武社长和中新社江西分社表示诚挚的谢意！

◎ 各种报道

　　各种宣传、推广、报道西湖李家的图书也是纷纷上市，南昌市文化界名人周鸣贵、陈中漳、万晓云撰写的图书《青岚农夫李豆罗》（上、中、下册）由中国文联出版社出版，引发轰动；国内知名的文化记者赵天云女士撰写的图书《农民市长李豆罗》由中国社会出版社出版，市场热销；南昌本土作家程维著作《南昌人》由南京大学出版社出版，专门写到了李豆罗的感人事迹；百花洲文艺出版社出版的中共江西省委原常委、江西省军区原政委陶正明将军的著作《我和我的战友》在社会上影响很大，2021年获评第八届十大赣版好书奖，书里专门有一篇文章提到李豆罗的事迹，现收录于下。

正厅村主任

2017 年 9 月 6 日早上 8 点多，我到浙江宾馆陪好友吃早餐，一进大门就看到大厅两边挂着十张"2017 中华十大慈孝人物"海报，左边第二张就是南昌市原市长、南昌市进贤县西湖李家新农村建设总顾问李豆罗。照片如他真人般大小，尽管我们有五六年未见面了，但我一眼就认出来了他那特有的脸庞和特有的笑容！

说来凑巧，我早就听说了老李被评为"2017 中华十大慈孝人物"，不想在这儿看见他的海报。我立马掏出手机拨通了他的号码，问："李市长，你是不是要来杭州出席颁奖典礼啊？住哪里？晚上我们聚聚好吗？"

老李听闻我的声音也很高兴，说他下午两点多从进贤坐高铁，五点左右到杭州，就住浙江宾馆，并连说"见面再说"。

谈起李市长，我俩情投意合。我刚去江西省军区工作时，就听闻不少他的奇事，总想抽时间去拜访一下。有个周六下午，我请一个熟悉的同事带路，直奔西湖李家。因沿途多是乡村公路，从南昌市区走了近两个小时才到村里。下了车，只见一农夫模样的人从田里走来，同事告诉我，那人就是李豆罗市长。因我对他早有所了解，所以对他赤脚满是泥巴、头上身上到处沾着稻草的形象并不觉得意外。

老李双手往裤子上擦了擦，然后握住我的手，连声说："欢迎首长，欢迎领导！只听说你要来，具体时间不清楚，今天突然来访，有失远迎；又这般模样，真对不起，莫见怪啊！"

我紧握老李的手，说："不见怪，不见怪！早闻老市长的大名，怎么会见怪呢，这样才真实才亲切啊！"

我们边说边参观了李家陈列馆。我小时候见过的农具、家具、玩具，在这儿几乎都有。老李告诉我，这些玩意越来越珍贵、越来越稀奇了！别说城里人没见过它们，就连农村晚辈回乡时见到也往往说不出它们的名字和用途。

老李退休回到李家后，先修整了好几间破旧房子，动员乡亲们把这些老古董都拿出来，开办了这个陈列馆。在村里，有些老工艺也得以重新展示出来。他让李家率先把乡村旅游办起来，以便乡亲们守在家门口就能发财致富。初期，他凭借他老市长的面子到南昌市去吆喝，请大家来转转、看看，上午先转农民用具展，观看榨油坊、豆腐店、酿酒灶、书画社等工艺坊，下午再见识一下老李的农活秀，晚饭吃地里的新鲜菜，喝高粱烧。这样一天下来，内容还挺丰富的。

老李说他从农民干到市长，花了四十年时间；从市长回到农民只用了不到四个小时。考虑到读师范学费低，李豆罗小学毕业就报考了师范学校，但他个子小，学校说个头够不着黑板当老师不合格。他一气之下就回到老家要当农民。李妈妈急了，拖着三寸小脚来回四十公里地，求学校能将儿子留下来，做不了老师，干其他的活也行，如敲钟、做饭，好歹是个吃国家公粮的。李豆罗使劲拉着他妈妈说："不要求他们了，我就是要回家当农民，把农民当出个模样来！"

年少志气高，用心干农活。从稻谷撒播到收割和各种农具的使用、各种工坊手艺的操作，李豆罗干一样就熟悉精通一样。他还是个热心人，遇到哪家有困难，总会尽力提供帮助。得知深夜有人突发疾病，他会主动上门去搭把手，或找人抓药，或帮忙送去医院。一年多下来，李豆罗在村里便有了威信，只要一提到他的名字，没有人不竖大拇指的。就这样，大队支部动员李豆罗入了党，之后一路当了村支部书记、公社书记、县委书记，一直干到南昌市副市长、常务副市长、市长、市人大常委会主任。年满退休岁数，李市长退了下来，市委在南昌给他分了房，准备让他再当顾问，在城里享福安度晚年。可是，老李早有自己的打算。在台上时，他每一分钟都不敢马虎，时刻看紧把牢共产党交给他的阵地，不做让老百姓戳脊梁骨的事，这样晚上睡觉不做噩梦，心里踏实；退休了，他决心归零返乡做个老农民，把这么多年在国内外看到的和心里想到的，在家乡土地上做起来，让十里八乡的老百姓尽快过上好日子。

老李已经七十多岁了，但他经常说自己才三十多岁，从当官角度来说岁数是大了点，但当农民还正当年。他每天天不亮就起床，折腾一天回家倒床上就不想动了，晚饭常是吃一顿，忘一顿。家里人、乡亲们都心疼他，劝他少干点力气活，动动嘴指点指点就行了。

边走老李边幽默地对我们说："城里到处修运动场，早晚很多人在那里跑步、跳舞、快步、搞有氧健身。而我在庄稼地里，这是活也干了，身也健了，一举两得！"真的，七十六岁的老人了，腰板笔直，脸色古铜，走起路来两腿生风。他说这全是干庄稼活锻炼出来的！

我们在杭州又见面了。老李被评为中华慈孝人物，西湖李村也被评为中国最美乡村。我祝贺他双喜临门！他认真地说："这既是标杆，也是鞭子！不管评什么，我还是农民李豆罗，还要和过去一样干，谁让我是个共产党员呢？这样干了大半辈子，已经成了人生习惯了！"

◎ 西湖李家烧塔胜景

这些荣誉和赞誉，印证了李豆罗的思想：人生一世，应该在这世上留下些东西，为后人留下些东西。

李豆罗常打趣："如果做好这些事，我们毛主席知道会表扬，阎王爷知道会加寿。"做好了这些事情，既可以告慰先人，又能启迪后人，还可以鼓励今人。

本书截稿时，李豆罗跟我们谈到了正在改善西湖李家的会议接待能力。目前西湖李家三千多亩土地上，已经建有青岚楼、乌岗宾馆、居膳堂、椿萱楼、农夫草堂等五处宾馆、酒店，可以同时解决两百人左右的住宿，并可以同时接待一千人就餐。但是，一旦遇到大一点的会议，超过两百人的话，住宿便容纳不下了。所以，现在西湖李家正在做的一个重点工程便是将住宿场地扩容，计划一两年内扩充到可以同时容纳五百人住宿，到时候，西湖李家的会议接待项目会跨上一个新台阶。

说到这里，黄华明又提供给我们一组数据：不算四家招商引资的企业带来的年利润，近年来西湖李家依靠旅游、餐饮、会议等项目实现的利润额如下：

2017 年，2761395 元；

2018 年，3069466 元；

2019 年，3048921 元；

2020 年，2703615 元。

李豆罗解析这个数据："2017 年，我就想着每年做到超过三百万，日子就好过多了。2018 年，真的过了三百万，2019 年稳定在三百万以上，我就憧憬着什么时候做到超过三百五十万，我们西湖李家一步步稳定发展。2020 年的新冠疫情对我们的影响很大，好几个月没有一个游客来，所以，利润一下子回到了 2017 年的水平。2022 年更是跌到了谷底。好在随着中国共产党坚定领导全国人民抗击疫情的决心和努力，疫情很快得到控制，形势很快得到好转。"

李豆罗笑了笑接着说："对于我们来说，现在真的是遇到了一个好的时代，一个伟大的时代。十九大以来，中央下发了不少重要的关于乡村振兴的指导性文件，非常具体，涉及乡村产业振兴、乡村人才振兴等，每年年初的中央一号文件，谈到的也都是乡村振兴的问题。全国性的扶贫攻坚工作宣告结束，农村建设进入了一个发展期，国家投入的大量人力物力财力，都是在助力乡村的振兴与发展。国家成立了乡村振兴局，省里市里县里也相应成立了乡村振兴局，党的二十大对乡村振兴工作又有了详细的指导意见。在中央、省、市、县领导下，在方方面面的支持下，在全村上下的共同努力下，我们西湖李家，愿意在这一场伟大的运动中，争当排头兵。西湖李家的万亩河山，到了水温一百度的时候，我请你们再来看，到时候，我们一定要痛饮一场！"

我们再次想到了李豆罗的那句诗：

任凭征途千番苦，留点痕迹后人评！

西湖李家，未来可期！

李豆罗
简历

1964 年——进贤县西湖公社李家大队会计

1965 年——进贤县西湖公社李家大队团支部书记

1968 年——进贤县西湖公社李家大队和太平大队合并，成立新的太平大队，任太平大队民兵营长

1969 年——进贤县西湖公社太平大队党支部书记

1970 年 11 月——进贤县三里公社党委副书记（主持工作）

1973 年 4 月——共青团进贤县委书记

1975 年 12 月——进贤县委常委

1976 年 2 月——进贤县委副书记、县革委会副主任

1979 年 4 月——进贤县委副书记（主持全面工作）

1980 年 5 月——进贤县委书记兼县武装部第一政委、南昌预备役师二团政委

1986 年 5 月——南昌市农委主任、党组书记

1990 年 1 月——新建县委书记兼县政协主席、县人武部党委第一书记、南昌预备役师三团政委（1988 年 9 月—1991 年 7 月于中央党校函授学院党政管理专业学习并毕业）

1992 年 5 月——南昌市人民政府副市长、党组成员

1995 年 12 月——南昌市委常委，市人民政府副市长、党组副书记

1996 年 1 月——南昌市委常委，市人民政府副市长、党组副书记（1999 年开始兼任江西陆军预备役师副政委、高炮团第一政委）

2000 年 1 月——南昌市委副书记

2001 年 6 月——南昌市委副书记，市人民政府代市长、党组书记

2001 年 7 月——南昌市委副书记，市人民政府市长、党组书记（2003 年 3 月当选十届全国人大代表）

2006 年 11 月——南昌市人大常委会党组书记

2006 年 12 月——南昌市人大常委会主任、党组书记

2010 年 1 月——退休